C'ÉTAIT UN ACCIDENT

Isabelle Lagarrigue

C'était un accident

ISBN numérique : 979-10-262-3404-3

EAN papier : 9791026234050

librinova

Courriel : contact@librinova.com
Internet : www.librinova.com

1

Liste « Pourquoi est-ce un privilège d'être née rousse ? »

1) Tu te nourris de phrases drôles et subtiles délicatement affichées sur ton mur Facebook :
« Si mon enfant est roux, je le vendrai sur ebay. »
« Congelez vos enfants roux, on trouvera une solution un jour ! »

2) Tu es source d'inspiration pour des slogans publicitaires pertinents :
« Fumer rend roux » sur les paquets de clopes (il serait plus efficace que « fumer tue »).

« Le père Noël aime tous les petits enfants, même les roux. »
(NDM* : Les lignes ci-dessus ne sont malheureusement pas fictives.)

3) Tu peux enrichir tes connaissances sur ton statut :
Les roux puent.
Les roux ne bronzent jamais.

4) Tu reçois des réponses exclusives à tes demandes d'amis sur Facebook :
« Je ne peux pas t'accepter comme amie parce que tu es rousse. »
« Excuse-moi mais non, je ne peux pas m'afficher avec toi. »

5) Tu peux devenir une professionnelle de statistiques passionnantes :
En France 5 % des personnes sont rousses.
Et 2 300 filles s'appellent Prune.

Quelle était la probabilité que je naisse rousse et que je m'appelle Prune ?

*NDM : Note De Moi

20 décembre

Je suis rentrée chez moi pour les vacances de Noël.

J'ai l'impression que rien ne change dans la maison. La vie de famille suit son cours avec les caprices d'Alpha et Bêta, mes sœurs jumelles de cinq ans, et les effusions amoureuses de mes parents au milieu du salon.

J'ai parfois l'impression d'être transparente.

Ne devraient-ils pas être fous de joie de m'avoir auprès d'eux pendant les vacances ? Ne devraient-ils pas se disputer la place à côté de moi au petit-déjeuner en essayant de me tirer les vers du nez pour que je leur raconte ce qu'il se passe à l'internat ? C'est moi qui ai demandé à partir en pension, pas eux, que je sache. Ne devraient-ils pas être affligés que leur fille aînée préfère vivre ailleurs à quatorze ans que dans leur maison ?

Mais non. En réalité, les petits déjeuners ressemblent plutôt à ça :

Pap's ne dit pas un mot. Il travaille de nuit dans un laboratoire et tient absolument à prendre le petit-déjeuner *en famille* avant d'aller se coucher. Son visage parle pour lui. C'est écrit en rides sur son front : « Suis crevé – Ne m'énervez pas ! ».

Mam's est concentrée sur un nouveau régime à base de raisins, de graines, d'herbe et d'un jus vert (qu'elle boit en faisant la grimace). Bon appétit.

Et, Alpha et Bêta se chamaillent soit parce qu'Alpha trouve qu'elle a moins de jus d'orange que Bêta, soit parce que Bêta n'aime pas qu'Alpha la regarde *comme ça.*

(NDM : Ambiance au top. Famille Incroyable. Talk Show sur nous soon !)

24 décembre

C'est l'effervescence. Pendant que tout le monde prépare le réveillon de Noël dans le salon, moi je fais des listes :

- Liste des choses à ne plus jamais faire :

Badigeonner mes jambes blanches d'autobronzant la veille d'une soirée d'été. L'intérieur de mes mains était raccord avec la couleur de mes cheveux et mes jambes orange–par–endroits ont fini cachées sous un jean.

Regarder l'épreuve de Koh-Lanta où ils doivent manger des yeux globuleux ou des larves vivantes. J'ai vomi avant eux.

- Liste des drames capillaires vécus personnellement :

La coupe au bol, la coupe dégradée 'Jennifer Aniston' qui tenait plutôt du dégradé 'Mulet', la coupe frange courte qui m'a valu deux ans d'inter-coupes malheureuses avec un ersatz de frange retenu par des pinces.

Addison m'envoie un SMS pendant que je suis en train de compléter la *Bucket list : la liste de ce que je dois absolument faire avant de mourir.*

Addison : Hello, ça va toi ?

Moi : Comme d'hab ;) RAF. Tu me manques !

Addison : Moi aussi ! News de Lucas ?

Moi : Nope.

Addison : Écris-lui toi !

Moi : Nan ! Je veux pas faire la fille accro !

Addison : Ouais… t'as raison, fais la fille indépendante ! !

Moi : MDR

— Prune, à table ma chérie !

L'appel de Mam's interrompt illico notre discussion.

Addison, c'est la fille qui m'a accueillie à bras ouverts quand je suis arrivée en septembre à l'internat et que je ne connaissais personne. Son père est coach en sport extrême et sa mère américaine est journaliste pour un magazine de mode. Elle lui ramène toujours plein de souvenirs de ses voyages comme les t-shirts « Urban Outfitters » de Los

Angeles. Chez elle, Addison décide de tout : du nombre de boucles d'oreilles qu'elle peut porter simultanément (six à ce jour) à la non-obligation de faire ses devoirs. Parfois, c'est la jeune fille au pair qui rédige ses rédactions.

Elle m'a présenté Lucas, un grand brun avec un visage anguleux et une mèche de cheveux qui tombe à la perfection sur son œil droit sous lequel est dessinée à l'encre noire une larme. Il possède le don de toujours bien s'habiller ou c'est peut-être parce que tout lui va. Addison soutient que c'est mon *petit ami*. Moi, je n'arrive pas à savoir. Un jour il me sourit, le lendemain il semble indifférent, le surlendemain il me fixe, le sursurlendemain il m'ignore… Addison prétend que ce sont les principes de base d'une relation amoureuse naissante entre adolescents. (NDM : Et après, on s'étonne que nombre d'adolescents développent des troubles psychiques ?). Il habite à côté de chez elle dans un quartier *réalité* qui regroupe des maisons blanches en forme de cubes avec des baies vitrées partout. Lorsqu'il fait nuit et que ces maisons sont allumées, on peut voir leur intérieur, assouvir notre envie de voyeurisme et eux leur besoin d'exhibition. Il ne nous manque que les dialogues. Leurs parents se partagent les trajets pour l'internat le week-end, c'est pour cela qu'ils se connaissent bien.

Ils sont différents de ma coloc de chambre, Mathilda, qui est *originale*, indépendante et qui a la particularité de s'habiller selon son humeur.

Sérieusement !

Quand elle ne va pas bien, elle s'habille en sombre, et quand elle est heureuse, elle met de la couleur ou des imprimés. C'est la seule fille que je connaisse qui porte des skinny orange et vert ! Son apparence est ainsi en phase avec son intérieur émotionnel. Elle dit que ça complique moins les relations, que c'est plus naturel, que comme ça, tu n'as pas besoin de faire semblant d'être joyeuse si tu ne l'es pas. Au moins, chacun sait à quoi s'attendre d'un seul coup d'œil avant de lui adresser la parole. Elle adore par-dessus tout porter des t-shirts à message qui complètent le choix de ses tenues genre « J'ai trop d'onglets ouverts dans ma tête » ou « Il n'y a que dans les livres de maths qu'on achète 53 melons » voire « J'ai l'air gentille mais je sais faire disparaître un corps ».

Elle a une peau fine et blanche et ses cheveux noir corbeau sont coupés au carré avec une frange asymétrique. SWAG.

25 décembre

C'est bizarre la perception du temps autour de Noël. On attend cette date avec impatience, les jours qui précèdent ont l'air de durer des semaines, la nuit du 24 décembre ne se finit jamais. Puis, l'ouverture des cadeaux le 25 au matin dure trente secondes.

Pour moi, cette année, ce furent trente secondes de déception lorsque j'ai compris que je n'aurais pas de sac Vanessa Bruno customisé, celui qu'Addison a eu pour son anniversaire.

En plus, ma mère, Madame Parfaite, m'a offert un carnet pour Noël. Elle est ULTRA organisée et aime que tout le monde le soit autour d'elle.

Elle fait même des captures d'écran des SMS qu'elle échange avec son équipe ou des amies pour pouvoir ensuite les conserver en photos au cas où... (NDM : Il y a du niveau.)

Quand j'ai découvert son carnet sous le sapin au-dessus de mes autres cadeaux, elle m'a fait un clin d'œil en me chuchotant « Tu pourras écrire tes listes dedans, c'est mieux que sur des bouts de papier, non ? ». Elle avait l'air très fière de son idée...

Ce qui signifie donc qu'elle avait fouillé méticuleusement le tiroir de mon bureau dans lequel mes listes sont bien cachées.

Mais quand même, quand on est une maman, de surcroît Docteure en robotique (donc a priori intelligente), on devrait savoir que c'est la base de ne pas fouiller dans la chambre de sa fille, non ?

Je vais lui concocter des listes sur mesure, rien que pour elle... Ça devrait lui plaire quand elle ouvrira mon carnet en cachette.

Je recopie dans mon nouveau carnet la liste numéro 1 :

« *Pourquoi est-ce un privilège d'être née rousse ?* ».

Done ! Je peux descendre pour assister au repas de Noël. Pour l'occasion, nous déjeunons dans la salle à manger autour d'une grande table en bois clair avec des chaises en plastique de toutes les couleurs. Au mur, des œuvres d'art contemporaines colorées réalisées par des jeunes créateurs sur le thème des robots sont suspendues. En dessous des tableaux, Mam's a créé ses propres légendes.

(NDM : C'est un problème des œuvres qu'on définit comme *contemporaines*, elles peuvent être moins compréhensibles au premier coup d'œil que d'autres, du coup chacun est libre d'en faire sa propre interprétation. Et ça, c'est flippant pour Mam's qui, d'une certaine façon, se justifie dans la légende d'avoir choisi ce tableau pour son salon.)

— Qui en veut ? demande Mam's.

Silence... Elle affiche une tête déconfite. Pap's s'empresse de tendre son assiette vers elle :

— Ça a l'air délicieux ma chérie.

Comme chaque année, elle s'est décarcassée à préparer un chapon farci avec des marrons autour alors que nous ne sommes que cinq. Mam's est fille unique et Pap's a une sœur, Sarah-Line, qui n'a pas d'enfants et qui a préféré participer à une cure détox à la montagne plutôt qu'assister au génocide annuel de la volaille de Noël.

Et, comme chaque année, personne n'en veut. Elle aurait dû faire un plat qu'on aime tous, genre pizza ou spaghetti ! Franchement, cet entêtement à respecter la tradition est stupide. Ce n'est pas comme si quelqu'un allait lui distribuer une image parce qu'elle a bien suivi les consignes du déjeuner de Noël parfait...

Résultat du déjeuner : tout le monde est tendu.

Pap's s'efforce de manger les marrons secs, Mam's boude parce qu'elle pense que son plat ne reçoit pas toute l'attention qu'il mérite, Alpha et Bêta mélangent leurs assiettes et picorent du bout de leur fourchette et moi je fais une liste dans ma tête.

Liste d'un déjeuner de Noël idéal :

– Croque-monsieur avec du cheddar fondu dedans et dessus.

– Pizza jambon cru – mozzarella – tomates cerises.

– Sushis au saumon ou au thon (pas de daurade ni d'œufs gluants).

– Apéro grignotage.

29 décembre

J'ai acheté le magazine Jeune & Cool aujourd'hui, pour faire les tests.

Le thème de cette semaine : *« Découvre qui tu es vraiment en répondant à ces questions ! ».*

Selon toi, quelle est ta principale qualité ?
A. Gentille – Tes ami(e)s peuvent toujours compter sur toi
B. Optimiste – Pour toi, l'avenir réserve toujours des belles surprises
C. Courageuse – Tu es une aventurière que rien n'effraie
D. Autre : Pff. Je dirais sincère.

Quel est ton principal défaut ?
A. Égoïste – Tu penses à toi puis à toi puis à toi
B. Autoritaire – Tu aimes diriger ton entourage
C. Radine – Tu as du mal à ouvrir ton porte-monnaie
D. Autre : Pff. Je dirais trop sensible.

Comment te décrirais-tu ?
A. Canon – Tu es éblouissante
B. Charmante – Tu dégages une aura spéciale
C. Quelconque – Tu passes inaperçue
D. Autre : JE SUIS ROUSSE avec des cheveux longs et des yeux marron (alors qu'Alpha et Bêta sont blondes, l'une avec les cheveux bouclés et l'autre les cheveux lisses). Et un de mes sourcils est dessiné comme un accent circonflexe. Comme ça, je donne l'impression aux gens soit de m'interroger perpétuellement soit d'être une idiote.

Quand tu étais petite, on disait que tu étais...
A. Sage et scolaire
B. Joyeuse avec une imagination débordante
C. Justicière
D. Autre : Facile à vivre. « Oui, c'est vrai on a vraiment de la chance, elle est très facile à vivre. » (NDM : N'est-ce pas ce qu'on dit des animaux de compagnie ?)

Qu'est-ce qui te fait pleurer ?
A. Les films d'amour qui finissent mal
B. Que ta best friend te critique par-derrière
C. Éplucher des oignons
D. Autre : L'injustice. Par exemple, quand on me demande à moi d'arrêter de me disputer avec Alpha et Bêta alors que ce sont elles qui ont commencé.

Qu'est-ce qui te fait rire ?
A. La vie des autres sur VDM
B. Le zap sur les tutos maquillage qui dérapent
C. Les chutes dans Total Wipeout

D. Autre : Répondre « Dans ton cul » aux questions qui commencent par « Où est ... ? ».
(NDM : Même le murmurer suffit à me mettre en joie.)

Quelle est ton occupation préférée ?
A. Faire du shopping
B. Écouter de la musique
C. Stalker sur les réseaux sociaux
D. Autre : Faire des listes et me sécher les cheveux sous mon casque sèche-cheveux (NDM : le même que chez les coiffeurs) en lisant un livre pendant des heures. Je suis dans ma bulle, coupée de tout.
(NDM : Ceux qui ne l'ont jamais fait ne peuvent pas comprendre.)

Si tu pouvais choisir un super pouvoir, lequel préfèrerais-tu ?
A. La téléportation
B. Le mentalisme
C. L'invisibilité
D. Autre : Pouvoir reconfigurer les membres de ma famille = remplacer Alpha et Bêta par une sœur jumelle (la mienne) avec qui je m'entendrais trop bien.

Résultat *: Il est difficile de percer ta personnalité car tu as majoritairement répondu à D. N'hésite pas à te lancer dans une activité artistique, car tu as tout à fait le caractère d'une personne créative !*
(NDM : Je n'ai rien appris sur moi... Il faut que j'arrête de remplir des questionnaires qui ne m'apportent rien.)

1er janvier

La soirée du nouvel an en famille était fascinante. En vacances dans un appartement à la neige, nous avons regardé le cirque international de Monaco jusqu'à 00h02, heure à laquelle nous nous sommes tous couchés après les embrassades superficielles de circonstance.

(NDM : Si je tournais une émission de télé-réalité, je l'intitulerais « La vie fascinante d'une Prune ».)

Il est déjà dix heures quand je me réveille. Je me précipite sur mon téléphone pour lire mes SMS. Cette journée est un peu stressante car les SMS du nouvel an, c'est un peu comme un baromètre de ta popularité, plus tu reçois de SMS de « bonne année », plus tu as d'amis. À l'internat, ils ne vont parler que de ça dimanche soir.

« Moi, j'ai reçu 55 SMS cette année, un truc de dingue ! »

Certains (comme Addison) établissent une stratégie à l'avance. Elle calcule que si elle envoie un SMS à 100 amis (ou pas vraiment amis d'ailleurs), elle en recevra statistiquement 90 en retour.

Moi, je ne fais pas de stratégie. Devant les autres, j'assume en expliquant que je me base sur des rapports authentiques mais en réalité j'ai juste trop peur d'envoyer 100 SMS à des amis (est-ce que j'en ai vraiment 100 d'ailleurs ?) et que 10 seulement me répondent...

Un SMS !

Lucas : Bananier !

Ce n'est pas exactement le genre de SMS que j'attends d'un *petit ami* mais au moins il m'a écrit. Ça veut dire qu'il pense à moi et qu'il me considère comme sa *petite amie* (ou pas ?). Ça se trouve, c'est un texto qu'il a envoyé à tout son répertoire et peut-être que d'autres filles se disent la même chose que moi.

Moi à Addison : SMS de Lucas !

Addison : Top ma belle !
Moi : Je réponds quoi ?
Addison : Il t'a écrit quoi ?
Moi : Bananier !
Addison : LOL
Moi : Dis-moi que t'as pas reçu le même !
Addison : Si mais t'inquiète pas, c'est un mec ! AUCUN mec ne déclare son amour par SMS ! !

Moi, je suis convaincue qu'ils ne sont pas tous comme ça. En plus, je n'ai jamais aimé les généralités. On ne PEUT PAS AIMER les généralités quand on fait partie des minorités. (NDM : je fais partie de la minorité des ROUX. Et ce n'est pas une chose aisée.)

Moi à Addison : Je réponds quoi alors ?

Addison : Bonne année à toi aussi.

C'est une option, c'est vrai mais c'est trop banal.

Finalement, quelques heures plus tard, j'ai opté pour :

Moi à Lucas : Sympa ton SMS ! Bonne année à toi aussi ;) ! !

Ce qui me propulse d'emblée dans le top ten des écrivains les plus talentueux de ma génération...

4 janvier

C'est le jour du retour à l'internat. C'est toujours une journée bizarre pour toute la famille. Pap's semble mélancolique et Mam's tente de donner le change. Elle me fait mon repas préféré à midi : des croque-monsieur au cheddar. Et au fur et à mesure que l'heure de mon départ approche, elle dit l'heure tout haut : « Il est seize heures », « Il est dix-sept heures ». Comme si un minuteur se déclenchait dans sa tête tous les dimanches après-midi.

En secret, tout au fond de moi, je suis quand même contente qu'ils aient l'air de souffrir un peu le dimanche...

4 janvier soir

J'ai toujours aimé les soirées du dimanche soir à l'internat, surtout après les vacances chez les parents. Je peux enfin souffler et relâcher la pression de ressembler à la fille que mes parents voudraient que je sois. Maya, la responsable de la maison des filles à l'internat, nous commande toujours un plat qu'on vénère comme les spaghetti bolognaise avec des boulettes et du parmesan ou des pizzas. On les mange dans le salon avec de la musique en fond parce que le dimanche soir est le seul soir de la semaine où le réfectoire est fermé. Ce soir, autour des pizzas, c'est l'excitation, tout le monde se montre ses cadeaux.

(NDM : Sauf Mathilda qui arbore un t-shirt sur lequel est inscrit « Être populaire sur Facebook, c'est comme être riche au Monopoly » - Rapport aux SMS du nouvel an ?).

Je constate que je ne suis pas la seule à avoir eu des déceptions à Noël. Seule Addison est entièrement satisfaite. Ses parents lui ont offert TOUT ce qui était écrit sur sa liste.

21 heures

Je fais le mur pour aller voir Lucas dans la maison des garçons. Addison a tout organisé.

— Tout est sous contrôle Prune. Vas-y !

— T'es sûre que ça ne craint pas ?

— T'inquiète pas. Je vais distraire Maya. Profite !

— T'es trop sympa de t'occuper de tout ça. Je n'aurais jamais osé y aller sinon.

— C'est fait pour ça les amies Prune. Tu me raconteras ?

— Évidemment ! À toute.

Je le retrouve dans le salon du bas de sa maison. À l'internat, il y a des maisons pour les filles et d'autres pour les garçons. Le salon de la maison des garçons est aménagé avec de gros canapés en cuir marron usé et un baby-foot qui a tellement servi que les lignes du terrain n'apparaissent plus.

Lucas est installé sur un des canapés, rivé sur son téléphone.

Je regarde son profil. Sa peau est bronzée. Il se retourne à peine pour me saluer.

J'entame la conversation en prenant place à côté de lui :

— C'était bien tes vacances ?

— Ouais. On est partis à L.A. J'ai fait du surf. J'ai joué de la gratte. C'était cool...

(NDM : Il ne me demande pas comment se sont passées mes vacances, ce qui est censé être la norme, non ? À moins que cela ne soit encore un principe des relations amoureuses naissantes entre ados. Je demanderai à Addison.)

— Tu sais que tu es la prunelle de mes yeux, murmure-t-il soudainement en s'approchant dangereusement.

Il saisit ma nuque de sa main gauche, pose sa main droite sur mes reins. Et il m'embrasse.

Je réfléchis à mille à l'heure pour m'assurer que je mets ma tête, ma bouche et ma langue comme il faut. Je ne sais pas quoi faire de mes bras. Est-ce que je dois le serrer contre moi ?

Heureusement, mon cœur prend le relais et ordonne à mon cerveau de la fermer pour que je profite de ce baiser. Lucas s'arrête brusquement, me laissant étourdie :

— Tu devrais y aller avant qu'on se fasse choper.

Je pars comblée. C'est la première fois qu'on s'embrasse. Est-ce que cela signifie que je suis *officiellement* sa petite amie alors ? Et que c'est le début d'une histoire ? Je ne pensais pas que cela serait aussi compliqué d'être en couple. Je passe mon temps à me poser des questions et à interpréter le moindre mouvement. Je fais même des prédictions dans ma tête quand je l'observe dans la cour, genre « s'il part à droite, c'est qu'il est amoureux de moi », « s'il part à gauche, c'est que je ne compte pas pour lui ». Évidemment, si l'action ne joue pas en ma faveur, je décrète sur-le-champ que c'est complètement immature de penser ainsi. Alors que dans le cas contraire, je passe le reste de la journée sur un nuage ! J'ai envie d'écrire sur mon carnet ce que je viens de vivre dans les détails avant que je ne l'oublie. Cet instant était *à part*, excepté cette phrase « tu es la prunelle de mes yeux ». Non seulement elle indique un manque flagrant de conversation mais en plus elle fait référence à mon prénom que je déteste. Suis-je trop exigeante ?

Quand j'ouvre mon carnet, je m'aperçois que Mam's a écrit à la suite de ma liste

« Pourquoi est-ce un privilège d'être née rousse ? ».

Elle n'a pas mis longtemps pour fouiller dans mes affaires !

Ma Puce,

Je me permets de te répondre dans ton carnet car j'ai le sentiment que je pourrais apporter des réponses à tes questions. Contrairement à ce que tout laisse à penser, je ne fouille pas dans tes affaires, je mettais simplement de l'ordre dans ta chambre et je suis tombée dessus (il était sous ton lit pour information).

Je suis heureuse que tu utilises ce carnet pour t'exprimer et te promets que c'est la première et la dernière fois que je m'autorise cette incursion dans ta vie.

Je te comprends tellement. Moi aussi, à ton âge, j'étais désolée de cette tignasse orange que je n'avais pas choisie.

Mais aujourd'hui, force est de constater qu'autour de nous, des actrices et des mannequins se font teindre en roux pour se démarquer et paraître plus séduisantes ! Elles se font même tatouer de fausses taches de rousseur sur leur visage !

Sais-tu que ?

- Les roux ont moins de cheveux mais ils sont plus épais et plus résistants.
- Les roux n'ont pas de cheveux gris.
- Les rousses paraissent plus jeunes.
- Les roux produisent plus de vitamine D.
- Les moustiques piquent plus les blondes que les rousses.
Être rousse est rare et cela te rend également unique Prune.
Quand tu seras prête, tu pourras cultiver ta différence.
PS : Pourquoi ne pas aller faire du shopping ce samedi toutes les deux ? Je te donnerai les trucs & astuces des rousses.
Je t'aime ma puce.
Mam's
#Mam's #DocteureEnRobotique
#FouineuseProfessionnelle #PsyAmateure
#RoussePersonalShoper

J'ai hâte de savoir si elle sera aussi inspirée pour répondre à ma liste numéro 2.

Liste numéro 2 :

Pourquoi mes parents ont-ils choisi de m'affubler d'un tel prénom ?

1) Mam's avait envie de prunes tout au long de sa grossesse et elle y a vu un signe.

2) Pap's faisait le poirier quand Mam's lui a annoncé qu'elle était enceinte mais comme Poire c'était quand même un peu too much, ils ont choisi Prune.

3) Ils se sont pris une prune le jour de ma naissance.

4) Ils n'ont jamais compris la blague Madame et Monsieur OD'AGEN ont une fille.

5) Ils voulaient se distinguer : dire « Tu as encore mûri cette année ! » à chaque anniversaire, beaucoup moins banal que « tu as encore grandi cette année ! ».

6) Ils rêvaient probablement d'une carrière de Youtubeuse pour leur fille sur le site VDM.

(NDM : Je peux néanmoins leur reconnaître la délicatesse de ne pas avoir appelé une de mes sœurs clafoutis. Prénom donné in real life. VDM. J'ai échappé de justesse au clafoutis aux prunes).

Mardi 6 janvier

En règle générale, Mam's m'appelle un soir sur deux.

(NDM : pour que je ne me sente pas si exclue de la famille que ça.)

« Bonjour ma puce, ça va ?

– Oui

– Ta journée s'est bien passée ?

– Ça va.

– What did you do ?

– Comme d'hab.

– Et à midi, vous avez eu quoi à la cantine ?

– Du poisson cancérigène.

– Tu sais que le robot est bientôt prêt ? Nous sommes en train de finaliser l'intégration de toutes les données pour qu'il puisse communiquer de façon naturelle avec les humains. C'est fou, on dirait vraiment qu'il existe pour de vrai. J'ai tellement hâte de pouvoir vous le montrer.

(NDM : le robot ! Il ne manque plus qu'elle me parle de mes sœurs pour que cette conversation soit le parfait exemple des sujets que je voulais fuir en choisissant l'internat.)

– Cool.

– Ce week-end, j'ai vu qu'il y avait une exposition sur les super héroïnes dans une galerie, ça te tente ? Je prends des places ?

– Ouais.

– Il fait un temps affreux en ce moment ici. Il n'arrête pas de pleuvoir.

(NDM : J'ai lu que la météo avait été créée pour que cela soit source de discussions.)

– Ah !

– Je suis contente de te voir ce week-end.

– Tu dis ça toutes les semaines.

– C'est que cela doit être vrai alors (déclare-t-elle avec un sourire dans la voix).

– Ouais.

– Je t'embrasse très fort. Je t'aime ma puce. See you vendredi !

– OK. »

(NDM : Elle crée les dialogues from scratch pour des robots sociaux et elle n'est pas capable de comprendre comment dialoguer avec sa propre fille.)

Liste « Pourquoi je ne comprendrais jamais Mam's » :

- Parce qu'elle a passé douze ans à faire des études pour finir par passer dix ans à travailler sur un robot qui pourrait éventuellement communiquer avec des humains = THE carrière,

- Parce qu'elle a galéré pour avoir mes sœurs et maintenant qu'elle les a, elle est tout le temps fatiguée = THE projet,

- Parce que du coup, elle n'a que deux sujets de conversation : le robot et les jumelles.

Mais aussi :

- Parce qu'elle est fière d'être rousse,

- Parce qu'elle prend une voix aiguë quand elle s'adresse à Pap's,

- Parce qu'elle abuse des gifs quand elle envoie des e-mails,

- Parce que son chanteur préféré est décédé,

- Parce qu'elle adore parler Franglais,

- Parce qu'elle a encore un agenda papier,

- Parce qu'elle fait toujours plusieurs choses simultanément et que du coup, elle est souvent là sans être là (Mais si je t'écoute, je réponds juste à ce mail et après je suis à toi [ou pas]),

- Parce qu'elle vérifie tout le temps si la porte est bien fermée,

- Parce qu'elle regarde The Voice dos à la télé (pour faire comme les jurés) et ne vote jamais la première,

- Parce qu'elle écoute le bruit des vagues sur son iPhone quand elle prend sa douche,

- Parce qu'elle marche toujours entre les bandes blanches du passage piéton,

- Parce qu'elle remue son café 2 tours à droite, 2 tours à gauche,

- Parce que quand on est sur la plage, elle part tout le temps « faire le tour de la bouée »,

- Parce qu'ensuite, elle passe son temps à ramasser des galets (regarde celui-ci !),

- Parce qu'elle ne mélange jamais des légumes verts avec des légumes d'une autre couleur,

- Parce qu'elle trouve des 7, son chiffre « porte-bonheur », partout,

- Parce qu'elle ne porte toujours pas de jeans,

- Parce qu'elle a mis ses films préférés en DVD dans un cadre dans sa chambre,

- Parce que le lundi matin, elle sait déjà ce qu'elle mangera le jeudi soir,

- Parce qu'elle donne toujours l'heure à la minute près (il est 14h32).

2

Jeudi 8 janvier

Il est dix heures et dix minutes lorsque Maya frappe à la porte de la classe dans laquelle je me trouve. Elle entre et demande à la prof que je vienne avec elle.

À sa manière de me regarder, je comprends tout de suite qu'il se passe quelque chose.

Je me lève, toute rouge d'être soudain le centre d'attention de la classe, et je la suis.

Dans le couloir, je me pose mille questions en tentant de me souvenir de ce que j'ai bien pu faire ou dire, ou ne pas faire ou ne pas dire qui mérite l'exclusion de la classe. Est-ce qu'ils ont trouvé mon carnet ? Est-ce qu'ils ont lu mes listes ? Notamment celle sur Maya ? Est-ce qu'elle a compris que c'était à cause de moi qu'on l'appelait Maya comme Maya l'abeille à cause de son pull rayé jaune et noir qu'elle affectionne particulièrement ?

Elle marche vite, sans me regarder ni me parler, ce qui ne lui ressemble pas même quand elle est fâchée.

J'ai la tête qui commence à tourner. Le couloir est long, gris et froid.

Nous nous dirigeons vers le bureau du directeur.

Nous arrivons enfin. Elle me laisse passer devant.

Pap's est assis sur une chaise, le dos voûté, la tête entre ses mains, il ne me regarde pas.

Le directeur de l'école est assis en face de lui et me regarde avec des yeux graves.

Personne ne parle. Tout le monde pense peut-être qu'à cet instant précis, je comprendrais sans mots. Ce n'est pas le cas.

J'essaie en vain d'associer la tête de Maya, du directeur et Pap's à des scénarios possibles.

— Vous allez me renvoyer ?

Maya semble déconcertée.

— Non, bien sûr que non !

— ...

— Elle est morte. Maman est morte. Elle... est... morte, dit Pap's d'une voix cassée sans me regarder.

J'ai l'impression qu'un camion de trente-six tonnes me roule dessus.

Mon corps me lâche, mes jambes se dérobent sous moi, je me retrouve assise tandis que l'information se fraie un chemin jusqu'à mon cerveau avec peine car celui-ci la refuse en bloc. Maya m'entoure de ses bras. Mais moi, je veux ceux de Pap's. Je veux qu'il me regarde, qu'il me dise que ce n'est pas vrai, qu'il me rassure.

Pourquoi ? Comment ? Quand ? Vous êtes sûrs ?

Les questions se superposent dans mon cerveau mais ne parviennent pas à sortir de ma bouche.

Mes connexions sont gelées.

Je veux revenir en arrière, quand il était 10h09 et que ma vie était normale.

Je veux revenir en arrière et enlever ce passage-là.

Je veux revenir en arrière. Je promets que je serai sage tout le reste de ma vie.

Vendredi 9 janvier

Elle avait répondu.

« Ma Puce,

Sorry, je n'ai pas tenu ma promesse. J'ai encore ouvert ton carnet (pour information, il traînait par terre au fond de ton placard). C'est VRAIMENT la dernière fois que j'y jette un œil car je sais combien l'intimité est précieuse. En même temps, je t'avoue que je suis heureuse de l'avoir fait car je crois qu'une fois encore, mes réponses te seront utiles. Nous avons toujours trouvé que Prune était un joli prénom pour une fille. Évidemment, nous savons que c'est un pari osé de t'avoir appelée ainsi. Connais-tu le caractère des Prune ? « Prune est une femme simple. Elle n'a pas besoin de choses compliquées pour être heureuse. Elle relève les défis qui se présentent à elle avec une grande détermination. Elle sait se faire apprécier de son entourage par sa douceur et son sens de la diplomatie. Presque tout chez elle passe par l'affectif, ce qui la rend parfois impressionnable. Hypersensible, elle se laisse parfois submerger par ses émotions. Elle n'est pas à l'aise avec la compétition. Elle veut avancer sans pression. Prune a des valeurs très fortes, elle est honnête, droite et elle tient toujours ses promesses. Amie loyale, elle reste à l'écoute des autres et répond toujours présente quand on a besoin d'elle. Elle ne tolère pas la trahison. » Quand tu es sortie de mon ventre, nous t'avons tout de suite aimée très très très fort et nous savions que ce prénom te correspondrait. Nous espérons qu'un jour tu le porteras avec fierté et que tu l'aimeras autant que nous nous l'aimons et que nous t'aimons toi. »

Mam's, ta maman

PS : Tes listes sont extraordinaires Prune. Tu as l'art d'exprimer tes pensées à travers elles. Surtout, n'arrête jamais.

Découvrir le message de Mam's qui n'est plus là me foudroie. Je ne sais pas combien de temps je reste assise avec mon carnet ouvert dans les mains. Je me décide à lui téléphoner. Je ne sais pas pourquoi je m'inflige ça. Je tombe sur son répondeur. J'entends sa voix. Elle n'est plus là mais le message sur son répondeur et ses écrits sont restés là comme autant de preuves qui nous confirment qu'elle a vraiment existé.

Pourquoi ça fait aussi mal ?

10 janvier

J'avais écrit la liste de *« ce que je ferai quand mes parents mourront »*. En un, il y avait SOULAGEMENT : je n'aurais plus à faire mes devoirs / à mettre la table / à être gentille avec mes sœurs / à me coucher tôt la semaine / à me lever tôt les week-ends / à me tenir droite / à répondre à leurs attentes / à les écouter / à me séparer de mon téléphone portable / à ressembler à la fille qu'ils aimeraient que je devienne...

Je sais comment je commencerais ma liste maintenant.

En un, j'écrirais : c'est comme si je tombais dans un vide incommensurable sans rien ni personne à qui me rattraper.

11 janvier

J'ai envie de pleurer, et de crier aussi, mais rien ne sort de mon corps englué dans un cauchemar sans réveil possible. J'ai du mal à différencier les nuits des journées depuis qu'elle nous a laissés.

Je ne lui ai même pas dit « au revoir ».

Mam's, je te promets que je ne ferai plus la tête, que j'aiderai à la maison, que je ne m'enfermerai plus dans ma chambre, que je jouerai avec mes sœurs, que je cuisinerai avec toi, que je mettrai la table avec le sourire, que je me laverai les cheveux un jour sur deux seulement, que je ne laisserai plus traîner mes culottes par terre, que je te dirai merci sans que tu me le demandes, que je poserai mon téléphone portable quand je serai avec vous à table, que je serai heureuse que tu m'appelles un soir sur deux à l'internat, que j'écouterai les avancées sur ton robot, que je te raconterai mes journées à l'internat, que je te tiendrai la main en public, que je ne lèverai plus les yeux au ciel quand tu vérifieras pour la quatrième fois d'affilée que la porte est bien fermée, que je te donnerai l'heure à la minute près, que je te dirai « je t'aime » et que je le penserai.

Mam's, reviens.

La nuit, je me réveille et je mets des si. Et si tout le monde s'était trompé et que ce n'était pas elle ? Et si elle était juste allée prendre l'air un peu plus longtemps que d'habitude ? Et si j'avais été plus sage, est-ce qu'elle serait partie ? Et si ?

Cette date. 8 janvier. 8/01. 8-0-1=7. Mam's. 7.

Je prends une de ses chemises de nuit. Quand on était petit et qu'on avait du mal à s'endormir, ou qu'on était malade, elle nous prêtait toujours sa chemise de nuit qu'elle positionnait à côté de notre oreiller. Je la serre contre moi très fort, j'ai envie qu'elle m'apporte du réconfort et qu'elle me protège, comme quand j'étais petite. Mais aujourd'hui, c'est juste un bout de tissu qui ne réussit pas à me consoler.

12 janvier

Aujourd'hui, c'est le jour de l'enterrement de Mam's.

Je n'ai pas envie d'y aller.

Je n'ai pas envie que les gens me regardent avec pitié.

Je n'ai pas envie que les gens épient mes moindres faits et gestes.

Je n'ai pas envie d'être l'héroïne d'un fait divers.

J'envie mes petites sœurs qui ne sont pas obligées d'y assister parce qu'elles sont trop jeunes.

J'ai décidé de ne plus consulter mon compte Facebook. Mon mur déborde de mots de compassion et de cœurs notamment de personnes que je ne vois plus depuis longtemps ou des amis d'amis que je ne connais même pas.

Le drame attire les gens sur un compte Facebook comme les vautours autour d'un cadavre.

– Tu viens ma chérie, c'est l'heure, dit Pap's qui n'est plus que l'ombre de lui-même.

Il a choisi un costume dépareillé. C'est étrange de mettre un pantalon marron et une veste grise pour un enterrement mais après tout, c'est son style et peut-être que ça fera sourire Mam's qui trouvait qu'il s'habillait toujours comme un manche quand elle ne choisissait pas ses vêtements. Elle lui disait « Tu es conscient que ta chemise ne va pas du tout avec ton pantalon ? ». Il répondait en souriant « C'est parce que je n'ai d'yeux que pour toi ». Elle gloussait et lui apportait une nouvelle chemise.

Moi, j'ai choisi des vêtements noirs. Enfin, ce sont plutôt eux qui m'ont choisie ce matin. Je n'ai vu qu'eux. Mathilda, ma coloc, a raison sur ce coup. Mon extérieur est ainsi en phase avec mon intérieur.

En franchissant la porte de la maison, je crois que je me suis dédoublée.

Mon corps continue à vivre malgré moi.

Je suis bien là en train de donner la main à Pap's tout au long du trajet puis à l'intérieur de l'église, humide et sinistre, assise sur le banc du premier rang mais j'ai l'impression de suivre la scène depuis le plafond. Je n'entends rien, je ne comprends rien, les gens m'adressent un petit sourire gêné, le prêtre me regarde parfois (avec pitié ?), des personnes viennent parler au pupitre les yeux remplis de larmes. Certains craquent. Ils s'approprient et décrivent une femme que je ne connais pas. Sarah-Line, ma tante, est assise à ma gauche. Elle ne s'épanche pas. Elle pose sa main droite chaude et gracile sur ma main gauche gelée et insensible. Elle empeste les huiles essentielles car elle s'est aspergée d'un élixir floral, l'étoile de Bethléem, censé tous nous apaiser après un choc. Pap's broie ma main droite, ce qui me permet d'être rassurée sur le fait que je suis bien sur terre à ses côtés. Je me lève et m'assieds au rythme des autres mais je n'arrive pas à détacher mes yeux du cercueil qui est au milieu de l'allée. Je le scrute sous toutes ses coutures. Il est marron clair. Il brille. Il sent le bois, l'encens et les fleurs. Un cadre avec un portrait d'elle en noir et blanc qui ne lui ressemble plus est posé dessus. Je suis prête à intervenir en un millième de seconde au cas où Mam's se déciderait à se réveiller pour nous sortir de ce cauchemar.

Cela ne peut pas se finir comme ça.

Je visualise l'intérieur de l'église. C'est tout ce que Mam's n'aimait pas. C'est sombre et vieux. Les vitraux empêchent d'avoir accès au ciel et du mobilier marron foncé est entassé sur les côtés. De la musique classique s'échappe d'une enceinte grésillante.

J'aperçois des amis qui sont à l'internat avec moi et d'autres de mon école primaire et de mon ancien collège que je n'ai pas vus depuis des lustres.

Mathilda est là, au fond, toute de noire vêtue avec un t-shirt à texte approprié « Keep calm and come back ». Elle me soutient, à sa façon...

Pas loin de Mathilda, je vois Antoine, mon voisin et (petit) ami d'enfance. J'étais très proche de lui. Maya et Audrey, ma prof de Français, sont venues aussi ainsi que les amis et les collègues de Mam's, des voisins, de la famille éloignée, même des commerçants, tellement de monde en fait.

Addison et Lucas ne sont pas là. Ils se sont contentés de m'envoyer un texto.

Tout le monde est triste et pleure.

Certains ne la connaissaient même pas ou que de vue, alors je ne suis pas sûre d'aimer les voir pleurer. J'ai le sentiment qu'ils me volent un peu de mon chagrin.

Une fois la messe finie, nous sortons sur le perron de l'église pour suivre Mam's. Et tous ceux qui sont venus nous soutenir dans cette épreuve viennent nous saluer avec Pap's. Les gens sont lents et gênés. Ils me serrent, ils me tâtent, ils m'ébouriffent les cheveux, ils me collent. Tous disent la même chose.

— Je suis désolé(e) pour vous.

(NDM : Et donc ?)

— Elle va nous manquer.

(NDM : Pas autant qu'à nous quand même, non ?)

— Je comprends ce que vous ressentez.

(NDM : Ça m'étonnerait.)

— Vous irez mieux plus tard.

(NDM : T'es médium ?)

— Je vous aime.

(NDM : Prouve-le !)

Est-ce qu'ils savent eux pourquoi elle n'est plus là ?

Est-ce que Pap's leur donne la même réponse qu'à moi quelle que soit la tournure de ma question ? Invariablement.

« C'était un accident. »

D'après Google, 60 % des adultes prononcent cette phrase magique pour parler d'un suicide, un acte impossible à expliquer aux enfants car incompréhensible pour eux.

Les yeux de Pap's se brouillent à chaque fois que je tente d'en savoir plus.

Suivi de cette deuxième phrase : « Personne n'aurait pu faire quelque chose mais si je suis sûr d'une chose, c'est qu'elle t'aimait très très fort. ».

Google dit aussi que cette deuxième phrase a pour objectif d'empêcher l'enfant de culpabiliser.

Je n'ai pas trouvé le pourcentage d'enfants sur lequel ce discours exerce son pouvoir magique.

Je sais juste que ce n'est pas le cas pour moi.

Je ne comprends pas.

Est-ce qu'elle a voulu partir volontairement ?

Je ne cesse de regarder le cercueil mais il reste immobile. Il ne me donne pas de réponses.

Ensuite, on se retrouve dans un cimetière. Je ne me souviens plus comment nous y sommes allés. Je crois que je n'avais jamais vu un cimetière en vrai avant. C'est un endroit effrayant et silencieux avec des fleurs fanées ou en plastique déposées sur des tombes en pierre.

Pap's me tend une rose blanche que je dois lancer sur le cercueil qui est maintenant dans un trou.

Je sais à ce moment précis que je vais devoir vivre avec cette scène dans ma mémoire toute ma vie. Je sais instantanément que cela sera aussi mon pire souvenir et que les roses blanches seront pour moi toujours éphémères.

Ce n'est qu'à cet instant que je réalise que je ne la reverrai plus jamais.

13 janvier

S'apercevoir que je n'avais pas vraiment réalisé.

14 janvier

Espérer ne pas devoir réaliser vraiment.

15 janvier

Regretter de réaliser.

16 janvier

Se réveiller. Avoir oublié. Se souvenir soudain. Tenter de se rendormir.

17 janvier

Tenir.

18 janvier

Je ne retourne pas à l'internat de toute la semaine.

Je reste avec Pap's, Alpha, Bêta et Sarah-Line.

Pap's est complètement perdu. Il erre dans la maison. Il n'a plus de raison d'être ni d'appétit. Il a même commencé à perdre la bouée qui encadrait son ventre que Mam's pinçait régulièrement.

Son visage est fermé. Sa ride entre les yeux en a profité pour s'affirmer.

Sarah-Line assure toute la logistique et circule à l'intérieur de la maison comme si elle était une fée tombée du ciel.

Mais une maman, c'est irremplaçable.

J'ai mal pour Alpha et Bêta. Elles réclament Mam's à longueur de temps, elles se mettent même parfois derrière la porte et attendent. Moi aussi, j'ai envie de m'asseoir avec elles derrière la porte mais je suis grande et je dois arrêter d'espérer la voir rentrer en criant « Coucou, où êtes-vous mes princesses ? ».

Elles ne comprennent pas ce qu'il se passe parce qu'on ne leur dit pas vraiment.

Peut-être que le dire pour de vrai serait plus douloureux. Alors, Pap's explique à Alpha et Bêta que le corps de Maman a disparu mais qu'elle est toujours avec nous, que parfois elle est même à côté de nous et qu'elle nous regarde mais que nous, nous ne pouvons pas la voir.

C'est un peu flippant je trouve comme explication de s'imaginer qu'une personne passe son temps à espionner nos moindres faits et gestes.

De mon côté, j'évolue de pièce en pièce avec lourdeur. J'ai l'impression d'avoir subi une anesthésie générale et de ne pas réussir à me réveiller. Mon corps est tout ankylosé, plein de courbatures.

Je m'isole dans ma chambre, je n'ai pas envie de partager mon chagrin.

Je reçois des SMS. Je n'ai pas encore envie de répondre.

Je m'allonge, je ferme les yeux.

Je me souviens d'une conversation dont j'essaie de démêler les nœuds. Elle est loin dans ma tête parce que je l'ai mise de côté pour y penser plus tard. Elle me hante depuis.

Quand on était sur le perron de l'église avec Pap's, j'ai entendu Sarah-Line expliquer à des voisins que les parents du jeune homme étaient venus à l'enterrement de Mam's et qu'elle a trouvé ce geste très courageux.

Et pourquoi ce serait courageux de venir à l'enterrement de Mam's ?

Et qui est ce « jeune homme » ?

19 janvier

J'ai toujours lu dans les livres que le chagrin rapprochait ceux qui restaient. J'y ai même toujours cru et pourtant Pap's ne m'a jamais semblé aussi loin de moi.

Pourquoi ne parle-t-on jamais VRAIMENT de la mort de Mam's ?

Pourquoi tout le monde évite le sujet ?
Est-ce qu'*enterrer* le sujet permet de ne plus y penser ?
Qu'a-t-il bien pu se passer pour qu'on n'en parle pas ?
A-t-elle vraiment voulu partir délibérément ?
Mais pourquoi ?
Est-ce que j'ai pesé dans ce choix ?

20 janvier

Le premier lundi sans Mam's est passé puis le premier mardi puis le premier week-end, puis la première semaine...

J'ai l'impression d'évoluer dans un monde parallèle, emprisonnée dans un brouillard dense, de continuer à vivre sans vivre vraiment.

Mon sommeil est agité et rempli de scènes avec Mam's. Et les réveils sont douloureux parce que mon cerveau a toujours besoin d'un temps d'adaptation pour se reconnecter à la réalité le matin.

Alors, à chaque fois, je me prends une claque.

3

21 janvier

Le retour à l'internat s'avère plus compliqué que ce que j'imaginais.

Addison ne sait pas quoi me dire et m'évite.

— Salut.

— Salut Prune.

— On se voit tout à l'heure ? Après le cours de maths ?

— J'peux pas aujourd'hui Prune. Mais, on remet ça très vite ?

Je ne sais pas comment m'y prendre pour lui expliquer qu'en fait, je voudrais juste que tout redevienne comme avant... Je n'ai pas envie qu'elle fasse comme si rien ne s'était passé mais j'ai besoin d'elle là maintenant pour revenir dans la vraie vie. J'ai envie de discuter et de rire des mêmes choses qu'avant. Mais j'ai l'impression que je n'ai plus le droit de rire. Quand une fille obèse mange une glace ou un hamburger, on la juge.

Là, c'est exactement ce que je ressens : une fille qui vient de perdre sa maman n'a pas le droit de continuer à vivre normalement ou de rire. Ce serait malvenu.

Une fille m'a lancé cette semaine :

— T'as pas l'air d'aller si mal que ça !

(NDM : Les jugements des gens.)

Il y a une période de deuil à respecter où je dois non seulement porter mon chagrin à l'intérieur de moi mais aussi le montrer aux autres pour répondre à leurs attentes.

Alors, je suis triste, très triste.

J'ai perdu Mam's et je perds aussi ma vie sociale.

Les conversations s'arrêtent ou diminuent sur mon passage.

On m'observe et on m'évite à la fois. Je suis *celle qui a perdu sa mère.* C'est mon nouveau statut.

Des internes, à qui je n'ai jamais adressé la parole, s'assoient à côté de moi à la cantine pour m'observer et me questionnent pour tenter d'en savoir plus. Cela leur fera sans doute un bon sujet de conversation le soir dans les chambres : « À midi, on était assis à côté de celle qui a perdu sa mère. C'est son père qui est venu à l'internat lui annoncer alors qu'elle était en cours. Elle dit que c'est un accident. Ouais, en même temps, avoir une fille rousse, ça doit donner envie d'avoir un accident... ».

Dans notre chambre, Mathilda a affiché ce message de Haruki Murakami, un de mes auteurs préférés même si je n'ai pas aimé (ou compris) tous ses livres.

« Pain is inevitable, suffering is optionnal ».

22 janvier

Maya m'a conviée dans son bureau. Elle a l'air vraiment triste pour moi.

Elle me raconte la perte de son mari, comment elle y a fait face, comment elle s'est reconstruite, le psy merveilleux qu'elle est allée voir, le club de paroles fabuleux auquel elle a participé, les livres formidables qu'elle a lus, les recettes alléchantes qu'elle a éprouvées, les activités manuelles salvatrices qu'elle a découvertes (d'où son pull tricoté aux rayures noires et jaunes ?).

Mais, je n'ai pas envie que les gens s'approprient ma souffrance et appliquent les méthodes qui ont marché pour eux sur moi alors je ne suis pas très réceptive.

Quand je reviens dans ma chambre, Mathilda, avec qui je n'échangeais pas beaucoup avant, me parle de son hobby pour me changer les idées.

Elle n'en parle que rarement. J'ai vite compris pourquoi.

Elle collectionne dans un classeur avec des pochettes plastifiées les feuilles de papier toilette des gens chez qui elle est invitée et des lieux dans lesquels elle se rend... Elle prend à chaque fois une ou deux feuilles de papier toilette, elle y note au dos la date, le nom de ses hôtes et un mot en rapport avec l'événement. Je m'assieds à côté d'elle pour feuilleter son album. Je trouve cette collection complètement dingue ! Comment est-ce que cela a bien pu germer dans sa tête ?

Elle prétend déceler certains aspects de la personnalité des gens en analysant le choix de leur papier toilette qu'elle classe par thématique et couleur :

– Ceux qui sont réfractaires à l'évolution de la société, voire psychopathes dans le cas de cumul des deux propriétés = papier toilette feuille à feuille et/ou marron,

– Ceux qui sont économes, voire radins = papier toilette blanc pas cher, qui se déchire et irrite,

– Ceux qui axent leur vie sur le confort = papier toilette coloré triple épaisseur parfumé,

– Ceux qui participent à la protection de la planète = papier toilette « une feuille » ou 100 % recyclé,

– Ceux qui sont toujours à l'affût des dernières innovations = papier toilette hydratant ou phosphorescent,

– Ceux qui croient que la technologie fait des miracles = papier toilette neutraliseur d'odeurs,

– Ceux qui n'aiment pas faire les courses = papier toilette XXL,

– Ceux qui se soucient de leur apparence jusque dans les détails = papier toilette noir design,

– Ceux qui s'imaginent créatifs = papier toilette imprimé avec des poèmes, des grilles de sudoku voire des billets de banque...

(NDM : Est-ce qu'il existe un nom pour désigner les

collectionneurs de papier toilette? Est-ce que c'est une collection reconnue officiellement?)

Mathilda m'explique que ce classeur est comme un album de souvenirs. En le feuilletant, elle se remémore les moments partagés :

– C'est comme si je ramenais un petit bout de la soirée avec moi.

– C'est bizarre de faire ça quand même! En plus, dans quelques années, tu n'auras plus que des bribes de papier toilette dans ton classeur car il va se décomposer non?

– J'ai bien pensé à rapporter quelque chose de plus solide comme des vases ou des verres mais je ne savais pas où les stocker ensuite.

Sage remarque.

25 janvier

J'ai envie d'écrire à Lucas.

Avant de ne plus oser le faire, je lui envoie un SMS.

Moi : Hello

Lucas : Ça va?

Pourquoi les gens me demandent si *ça va*? Qu'attendent-ils que je réponde à cette question? Répondre *oui, ça va!* m'obligerait à nier ce qui est arrivé et ce que je ressens. La vérité serait plutôt :

« À ton avis? Comment crois-tu que j'aille? Mam's est partie, elle n'est plus là. Je ne sais même pas pourquoi ni comment elle est partie. Je sais juste qu'elle ne reviendra jamais. Ça m'angoisse. J'ai besoin de savoir que ma vie ne s'arrête pas là et que je ne serai pas toute seule pour affronter ce cauchemar. J'ai besoin de temps et de parler aussi même de Mam's. Me demander si *ça va?* me met juste la pression parce que j'ai l'impression que je vais vite devoir aller mieux et que je devrais répondre *oui, ça va* parce que c'est ce qui permettrait à tout le monde de ne pas avoir l'air totalement gêné en ma présence. Viens. Parle-moi. Serre-moi. Emmène-moi. Sois là… avec moi ! ».

Mais ça, je ne peux pas le dire. Personne n'a envie d'entendre ou de lire ces mots-là.

Alors, je ne réponds pas. Il ne me relance pas.

26 janvier

C'est la semaine des évaluations.

Tous les soirs, Mathilda relit à voix haute les leçons dans notre chambre. Elle soutient qu'elles rentrent dans mon cerveau de façon inconsciente. Mais je survole les contrôles sans arriver à me concentrer.

Aujourd'hui, c'est une évaluation d'expression écrite, Mathilda me rappelle simplement quelques règles de base pour que je rédige une rédaction fluide et lisible. Elle insiste notamment sur la ponctuation en me disant qu'il faut absolument relire mon texte à voix haute dans ma tête et ajouter des instants de respiration qui s'expriment sous la forme de virgules, de points-virgules, de points d'exclamation, de points…

(NDM : Pas simple de lire à voix haute dans sa tête.)

La prof de français distribue les copies. Nous avons le choix entre deux sujets :

1) Ce qui me fait rire.

2) Un endroit exceptionnel où aller.

C'est précisément en lisant les énoncés et les deux sujets qui s'imposaient à moi que mon cerveau a buggé. Il revendique de plus en plus son indépendance. Il prend le contrôle de ma main qui tient mon stylo sans me consulter pour écrire.

Alors, voilà ce que je rends :

Le ciel serait un endroit exceptionnel où aller si tant est qu'il soit possible de le définir comme tel puisque aller suggère retour or ce n'est visiblement le cas pour personne excepté pour ceux qui tentent l'aventure dans l'espace. Mais l'espace étant infini et l'endroit une partie déterminée, l'espace ne peut pas être UN endroit. Est-ce que le ciel pourrait être lui défini comme un endroit en dépit du fait qu'il ne puisse être véritablement localisé ? D'autant qu'il est clair, à ce jour, que personne dans l'espace n'a constaté de vie dans le ciel, donc aucune possibilité de pouvoir » y aller ».

Mais si en cas » d'accident », le ciel fait toujours partie des options de destination finale, c'est que cela doit être un endroit exceptionnel où aller.

6 février

Demain, on sera le 7 février. Cela fera donc 1 mois, 30 jours, 720 heures, 43 200 minutes.

Ma tête bourdonne.

Mes muscles me lâchent.

Mon cœur suffoque.

Mes questions forment un bloc impossible à digérer :

C'était quoi l'accident ? Pourquoi nous a-t-elle quittés ?

Pourquoi ne nous a-t-elle pas prévenus ? Donné un signal ?

12 février

Les week-ends à la maison sont épuisants. Sarah-Line essaie des remèdes divers pour combler le vide qu'a laissé Mam's, comme si elle se sentait investie d'une mission. Du coup, elle prend possession de tout l'espace vital.

Lorsque j'arrive ce week-end, je constate que des pierres précieuses, qui ne doivent pas être touchées ni déplacées, sont disposées dans les coins de la maison.

Les jumelles portent chacune un collier avec une fiole remplie d'étoile de Bethléem, qu'elles peuvent snifer en cas de besoin. (NDM : Ne s'est-elle pas dit que cette odeur me replongerait à vie dans l'église froide et humide du jour de l'enterrement ?)

Un diffuseur d’huiles essentielles a pris place dans le salon. L’intérieur de la maison dégage les mêmes effluves qu’un magasin de savons et de bougies. Tous les sens ne réagissent pas de concert. Tandis que l’odorat essaie de se frayer un chemin, la vue tente d’assimiler tout ce qu’elle voit et mon cerveau est perdu et envoie des signaux de danger à mon estomac.

(NDM : On devrait songer à rajouter une épreuve *odorat* à Koh-Lanta.)

Alpha et Bêta font un concert avec ma flûte à bec trouvée dans mes affaires d’école dans ma chambre qui doit être considérée comme une zone de fouilles publique puisque tout le monde se permet d’y entrer sans mon autorisation.

— Vous pouvez pas faire moins de bruit les filles ?

— On fait pas de bruit, on joue de la musique.

— Vous pouvez arrêter de jouer de la musique alors ?

— Pourquoi ?

— Parce que ça me casse les oreilles !

— Tu dis ça tout le temps.

— Parce que c’est vrai ! Vous passez votre temps à faire du bruit pour rien. Vous me saoulez.

— Ça aussi, tu le dis tout le temps.

— Ouais. Salut.

Je m’enferme dans ma chambre, le seul endroit dans lequel je peux me réfugier dans le calme auditif et olfactif.

Pap’s vient me retrouver et tente des discussions :

— Ça va à l’internat avec Addison ?

— Oui.

— Et avec Maria ?

— C’est Mathilda.

— Ça va avec Mathilda ?

— Oui.

— Tu as besoin d’aide pour tes devoirs ou d’autres choses ?

— Non, c'est bon.

— Sarah-Line prépare des croque-monsieur au cheddar avec des aubergines pour ce soir.

Je lui en veux de partager ce plat de mon enfance tellement relié à Mam's.

— Pourquoi tu lui as demandé ça ? répliqué-je d'un ton sec.

— Pour te faire plaisir.

(NDM : Des aubergines dans un croque-monsieur sérieusement ? Help. Créons une association pour libérer les croque-monsieur. Un point de plus à rajouter dans la liste des TOCS de Sarah-Line.)

Liste des TOCS de Sarah-Line :

- Sert du jus de coquelicot plutôt que du jus de grenadine.

- Abuse des pierres précieuses et des élixirs floraux = Empestement.

- Se masse les dents avec du bicarbonate de soude cinq fois par jour pour avoir les dents blanches.

- Se frotte le corps avec des orties lorsqu'elle a un bouton de moustique pour éviter de le gratter = THE remède.

- Soigne son rhume avec de la vapeur de rosée (psychopathie).

- Utilise uniquement du savon pour le visage fabriqué à partir de bave d'escargot. Beurk.

- Ne mange que du saucisson de Tempeh (bon appétit).

- Fait la chandelle tous les soirs pour remettre en route la circulation sanguine.

- Porte un t-shirt fait à base de dérivés de feuilles de framboisiers (qui gratte).

- Tourne sur elle dès qu'on dit un gros mot (mais pourquoi ?).

- Appelle des sandwichs réalisés à partir de pain noir toasté bourré de graines et d'aubergines grillées des croque-monsieur = Imposteur.

Comment puis-je dire à Pap's que toute ma vie est en train de s'écrouler ? Que je ne travaille plus à l'école, que je ne sais plus qui sont mes amis, que je n'ai plus faim, que j'ai l'impression d'être au bout de ma vie et que je lui en veux de laisser Sarah-Line prendre le rôle que lui devrait prendre ?

13 février

Mes pensées m'assaillent souvent au petit matin. Je n'arrive plus à dormir. Je rumine dans mon lit. Je pense à elle. Je l'imagine dans son cercueil. Est-ce qu'elle ressent le froid ? Est-ce qu'elle ressent la peur ? Que devient son corps ? Est-ce qu'elle me voit ? Est-ce qu'elle m'écoute ?

Quand on est petit, on nous dit souvent que les gens montent au ciel. Je me suis toujours demandé comment ils font pour vivre tous ensemble là-haut, s'ils s'assoient vraiment sur les nuages, si c'est confortable, s'ils ont le vertige, s'ils ont encore besoin de boire, manger ou dormir et ce qu'ils font de leurs journées. Tous les livres et les films sur les anges gardiens qui reviennent sur terre me laissent perplexe... Ma raison me dit que tout est fini et mon cœur me dit qu'elle est peut-être à mes côtés, qu'elle me regarde et qu'il ne faut pas que je la déçoive.

Ces pensées m'étouffent.

Je pars courir, seule, pour la première fois de ma vie.

Les larmes que je n'ai pas encore versées pour Mam's coulent toutes seules lorsque je commence à courir. Comme si elles avaient été contenues de force en moi jusque-là.

Je cours aussi vite que ces cascades d'eau sur mes joues me le permettent quand j'entends quelqu'un m'interpeller :

— Hé Prune, je ne savais pas que tu courais !

C'est Antoine, mon ami d'enfance. J'essuie mes larmes avec la manche de mon poignet droit.

— Moi non plus en fait. C'est la première fois.

— Tu veux qu'on continue ensemble ?
— OK.
Antoine fait mine de ne pas s'apercevoir de mon état. Je lui en suis reconnaissante. Nous ne parlons pas. Je n'en suis pas capable et il doit le ressentir. Je regarde les maisons de mon quartier. Il ne ressemble pas à celui dans lequel vivent Addison et Lucas. Il est beaucoup moins prétentieux. J'ai souvent eu honte d'habiter ici. Les maisons sont plus anciennes et parfois défraîchies mais elles ont un certain charme. J'essaie d'analyser l'entretien des jardins et d'imaginer les propriétaires qui se cachent derrière, un peu comme Mathilda et ses feuilles de papier toilette. Les tontes des pelouses, la sélection des pots de fleurs, le choix et l'état des fleurs, la peinture du portail, le luminaire de l'entrée, l'écriture du numéro de la maison, voire le nom de la maison sont autant de critères.

J'ai l'impression de respirer enfin...

En fait, j'ai vécu en apnée depuis l'ensevelissement de Mam's.
Un peu comme si la terre versée sur son cercueil était rentrée dans mes poumons par le nez et la bouche.

On arrive devant chez lui, il habite à trois maisons de la mienne.
— Tu rentres voir nos derniers locataires ? propose Antoine.
Depuis qu'il est tout petit, Antoine a toujours eu un penchant pour la nature et les animaux. Il libérait les gendarmes qu'on entassait dans des boîtes, il défendait les papillons qu'on voulait attraper avec des épuisettes, il construisait des barrages avec des bouts de bois pour faire faire des détours aux fourmis sur les routes. Il avait rédigé une pétition contre les animaux de compagnie en classe qui devaient changer de famille toutes les semaines.

Il m'entraîne dans son jardin. Une nouvelle cage est adossée contre le mur de sa maison. Des animaux marrons accourent vers lui et font un bruit de basse-cour !

— C'est quoi ? dis-je, intriguée tandis que l'information que mes yeux enregistrent peine à se diriger jusqu'à mon cerveau.

Antoine me regarde, intrigué.

— Des poules ! C'est la première fois que tu en vois ?

— Non, évidemment. Mais je ne savais pas qu'on pouvait avoir des poules chez soi, c'est tout !

Il me regarde en souriant.

— Tu veux que je te les présente ?

(NDM : Parce que maintenant les poules ont des prénoms ? À quand les dents ? :-))

— Euh oui.

— Ici, il y a Jimmy et John P. et les deux là-bas, c'est Robert et John B.

— Tu blagues ?

— Non.

— Tu as vraiment choisi les prénoms des chanteurs de Led Zeppelin pour tes poules ?

Il sourit, fier de lui.

— C'est vraiment un grand groupe, non ?

— C'est pas ça que je remets en cause.

— Une poule, c'est bien plus intelligent que ce tout le monde croit. Tu sais qu'elles me reconnaissent quand j'arrive ?

— Mais, qu'est-ce que tu fais avec tes poules ?

— Je les regarde, je les nourris et je ramasse leurs œufs. Tu veux venir voir s'il y en a aujourd'hui ?

— Oui carrément ! Mais je crois qu'il faut que j'y aille.

(NDM : Pourquoi je dis ça alors que je veux rester ? Je dois devenir schizophrène, je ne vois pas d'autres explications.)

– OK. À bientôt alors.

Il me raccompagne jusqu'à son portail.

Je rentre chez moi allégée d'un poids.

Peut-être que les larmes que j'ai versées pendant ma course m'ont libérée ?

Peut-être que les poules ont aussi une vertu guérisseuse de l'âme ?

J'ai observé Antoine pendant qu'on courait. Il a toujours une peau douce, des cils épais et des cheveux châtains un peu longs (NDM : mais pas trop longs non plus. Rien à voir avec les types aux cheveux longs qu'on voit dans la partie *Avant* des émissions de relooking). Il a une silhouette athlétique et parfaitement dessinée. Il sent la nature, un mélange d'herbe et de bois et… l'abricot. (NDM : L'odeur de son shampoing ?)

Il est toujours prévenant et souriant. *Souriant* pas dans le sens *niais* mais plutôt dans le sens « La vie, ce n'est pas d'attendre que l'orage passe, c'est d'apprendre à danser sous la pluie » (Sénèque).

Il est différent des autres. Il n'a pas de téléphone portable, ni de compte Facebook, Snapchat ou Instagram et il ne regarde pas la télé… Il a un appareil photo avec une pellicule. Et surtout, il n'en a rien à faire de ce que pensent les autres, comme Mathilda. (NDM : Qualité que j'admire par-dessus tout car j'en suis IN-CA-PA-BLE.)

Le repas du dimanche midi se déroule à l'identique des dimanches précédents depuis que Mam's n'est plus là.

Sarah-Line, la petite sœur de Pap's, est là elle. Elle a fait la connaissance de Mam's quand elle était ado, en même temps que Pap's puisqu'elle était tout le temps collée à lui (l'aura du grand frère que je n'aurais jamais la chance de connaître).

Aujourd'hui, Sarah-Line est son pilier dans cette épreuve. Ils ont des souvenirs d'elle qui n'appartiennent qu'à eux, qu'ils se remémorent ensemble, sans moi car je n'existais pas, dans des moments où je me sens complètement exclue. J'imagine qu'elle, elle sait pourquoi Mam's n'est plus là. En tout cas, nous, on sait quand elle est là car elle nous abreuve de paroles. En tant que psy, elle doit passer sa vie à faire semblant d'écouter celle des autres alors quand elle peut enfin raconter la sienne, elle se lâche à moins que cela ne soit une technique de psy pour combler le vide. Alpha et Bêta grignotent les plats-équilibrés-parce-que-c'est-meilleur-pour-la-santé de Sarah-Line du bout de leur fourchette. (NDM : Sarah-Line est (aussi) très attachée à une nutrition chiante enfin je veux dire saine à base de graines de tout – de lin – de tournesol - de chanvre - qu'elle rajoute dans chaque plat. Peut-être qu'Antoine devrait lui proposer des graines de poule ?). Pap's acquiesce à tout et moi je m'évade en pensée. Ma matinée m'a apporté un nouveau souffle et quand nous arrivons au dessert, une-salade-de-fruits-frais-de-saison-parsemée-de-feuilles-de-menthe-et-de-graines-de-chia, je me dis que je suis la seule capable d'intervenir dans cette maison. Je ne sais pas quand ni comment mais je ne veux pas passer le reste de ma vie à assister à ce spectacle.

Je vais voir Pap's dans la cuisine.

— Tu ne veux pas qu'on passe un week-end sans Sarah-Line ? Tu pourrais acheter des pizzas et on pourrait les manger devant la télé comme on faisait avant.

— On a tous besoin de temps pour s'habituer à cette nouvelle vie et Sarah-Line nous aide à passer cette étape. Pourquoi es-tu aussi dure avec elle ? Tu l'aimais beaucoup avant pourtant.

— C'était avant qu'elle envahisse notre maison avec ses huiles, ses graines et tout le reste.

— Elle veut simplement nous épauler Prune.

– Elle n'a pas besoin de se donner comme mission de nous sauver et d'essayer sur nous les méthodes qu'elle trouve dans ses livres ridicules !

– Elle fait de son mieux et tu sais, elle aussi est affectée. Elle aimait beaucoup Maman.

– Elle le cache bien !

– Elle n'a pas besoin d'afficher sa tristesse pour l'être.

(NDM : Même si c'est exactement ce que je pense pour moi, je n'arrive pas à le concevoir pour les autres.)

– Qu'est-ce qu'il s'est passé ?

Pap's devient blême.

– Quand ?

– Tu le sais. Qu'est-ce qu'il s'est passé ce soir-là ? Pourquoi on n'en parle pas ?

Les yeux de Pap's brillent.

– Elle était au mauvais endroit au mauvais moment. C'est tout.

– Mais, qu'est-ce qu'il s'est vraiment passé ? J'ai entendu Sarah-Line parler d'un jeune homme à l'enterrement et la voisine parler de la fatalité des accidents de voiture. C'était un accident de voiture, c'est ça ? Pourquoi tu ne me dis rien ?

– Oui, c'était un accident de voiture. Mais cela ne ramènera pas Maman de savoir ce qu'il s'est passé ce soir-là. Est-ce que tu voudrais aller voir quelqu'un pour exprimer ce que tu ressens ? Je pense que ça pourrait t'aider.

– Tu ne comprends vraiment rien.

La discussion s'arrête là.

14 février

Ce dimanche soir, Maya a préparé des gâteaux en forme de cœur. Je n'avais même pas réalisé qu'on était le 14 février...

Lucas m'envoie un SMS pour que je le retrouve. (NDM : Un SMS le jour de la Saint-Valentin, c'est un SMS qui compte triple, non ?)

Je lui pose une question qui me brûle les lèvres.

— Est-ce qu'Addison te parle de moi parfois ?

— J'sais pas.

— Est-ce qu'elle t'a dit un truc spécial sur moi ces derniers jours parce que j'ai l'impression qu'elle m'évite ?

— On n'est pas là pour parler d'Addison, non ? Que dirais-tu de passer à autre chose ?

Je rougis. Il m'embrasse et me serre contre lui en me passant la main dans le dos sous mon t-shirt.

C'est vrai. Je ne suis pas avec lui pour parler d'Addison mais en même temps si je ne peux pas en parler avec lui, avec qui est-ce que je pourrais le faire ?

Il me parle de son concert de samedi soir dans un café, de ses fans, de sa frange que son coiffeur lui a mal coupée et qui tombe trop devant ses yeux...

Il ne me demande pas comment je vais cette fois. Il m'offre des carrés de chocolat dont l'emballage porte le nom d'un restaurant de notre ville.

— Quand ils les ont posés sur la table à la fin du déjeuner samedi, j'ai pensé à toi.

— Merci. J'adore.

(NDM : C'est mon premier cadeau de Saint Valentin ! Bon OK, il n'est pas vraiment inscrit dans la « *liste des cadeaux que j'aimerais recevoir pour la Saint Valentin* », mais bon, c'est mieux que rien, non ? OK, le *j'adore* est peut-être de trop.)

Puis, il regarde mes lèvres, se penche vers moi et m'embrasse en se rapprochant un peu plus près à chaque seconde. Pourquoi est-ce que je me sens oppressée et que j'ai le sentiment qu'il écrase mes lèvres ?

Je regagne ma chambre un sourire aux lèvres. Je devrais arrêter de trop penser tout le temps. Je sors avec THE bombe de l'internat. Je devrais me réjouir.

J'écris à Addison de mon lit.

Moi : CC

Addison : CC

(NDM : Trente minutes se sont écoulées entre ces deux échanges).

Moi : On se voit demain ?

Addison : Chaud. Mais, on remet ça très vite ?

4

27 février

La semaine s'est écoulée. C'est vendredi, l'heure du retour à la maison est arrivée. Toute la famille est venue me chercher en voiture. Ouf, Pap's a l'air d'aller mieux, il n'a presque plus de poches bleues sous ses yeux qui accueillent même une lueur qui pétille.

Une fois arrivés à la maison, il me remet solennellement une enveloppe.

« C'est le robot, tu sais, celui sur lequel travaillait Maman, l'équipe me l'a confié pour toi, pour que tu puisses le tester. »

Je suis dépitée et furieuse.

— Ce robot m'était en fait destiné ? Elle croyait vraiment que j'allais si mal dans ma peau que seul un robot allait me sortir de là ?

— Pourquoi tu prends toujours tout comme ça ?

— Prendre tout comment ? Tu m'annonces que le robot, *censé discuter avec des adolescents difficiles*, sur lequel travaillait Mam's était en fait destiné à être testé par moi et tu voudrais que je fasse la danse de la joie ? Peut-être que si vous aviez réussi à détacher les yeux d'Alpha et Bêta pour essayer de comprendre qui j'étais vraiment, on n'en serait pas là.

— Tes sœurs s'appellent Lara et Emma, pas Alpha et Bêta. Ne sois pas injuste avec elles. Si l'équipe de Maman a choisi de t'envoyer ce robot, cela signifie simplement qu'elle se souciait de toi et que ton avis comptait pour elle. Prends-le comme ça.

— Laisse tomber. Tu ne comprends rien. De toute façon, tu ne m'as jamais comprise. Je me demande même si tu es mon père. Mon vrai père, lui, me protégerait.

Pap's accuse le poids des dernières phrases.

— Je pense que ce serait bien qu'on parle tous les deux. On va prendre l'air dehors ?

Je lui tourne le dos.

— Qu'est-ce que tu fais ?

— Je vais courir.

Je suis estomaquée. Est-ce que les robots sont la nouvelle solution pour répondre aux maux des humains ? Est-ce que les robots remplaceront les psys et les médicaments dans quelques années ? Vous avez un enfant hyperactif ? Trop timide ? Trop gros ? Trop intelligent ? Trop angoissé ? Trop rêveur ? En pleine crise d'adolescence ? Pas de problème ! Commandez un robot spécialisé ! Il gérera à votre place !

(NDM : Et puis après ? On inventera des robots pour remplacer les enfants ?)

J'ai l'impression que tout le monde accepte qu'elle ne soit plus là.

Les jours qui ont suivi l'accident ont arrêté le temps.

Mais depuis, tout a repris son cours. « La vie continue » dit Sarah-Line.

Oui, elle continue mais ce n'est plus la même vie quand même…

Elle n'a plus de saveur.

Je mets une affiche sur la porte de ma chambre.

« J'ai mal… dit le Cœur.

Tu vas oublier… dit le Temps.

Mais je vais toujours revenir… dit la Mémoire. »

Je reviens à la maison, après mon jogging, vidée.

En entrant dans ma chambre, j'aperçois tout de suite l'enveloppe posée dans un coin. J'ai envie de la balancer par la fenêtre.

Une fois douchée, je l'ouvre, juste par curiosité. Je me demande à quoi ressemble un robot *conçu pour des adolescents difficiles.* Mam's disait que les robots sociaux allaient bientôt faire partie de notre vie quotidienne. Elle était fascinée par le premier robot humanoïde qui va en cours au collège de façon autonome au Japon.

Moi, j'en veux un sur lequel je peux compter, qui m'aide à faire mes devoirs (qui les fasse à ma place), qui gère les tâches ménagères (dresser la table, débarrasser le lave-vaisselle, mettre mes vêtements sales dans le panier à linge…), qui soit toujours là en cas de besoin et qui a des super pouvoirs (genre mentalisme pour que je sache, par exemple, si Lucas m'aime vraiment ou pas…).

Est-ce qu'il m'aidera lui ? Ça m'étonnerait vu la taille de l'enveloppe.

J'ouvre l'enveloppe et j'en sors un galet gris clair, plat, doux et chaud. Il tient dans ma main et a un côté droit sur lequel il peut être mis debout.

Je revois Mam's ramasser des galets sur la plage, les trier, les soupeser, les prendre contre elle. Je savais qu'elle nourrissait une passion pour les galets mais de là à en faire un robot ?

C'est quoi le principe d'avoir un robot qui ressemble à un galet ?

Comment peut-il créer une relation avec un humain ?

Pourquoi ne m'a-t-elle jamais parlé de la forme qu'elle voulait donner au robot ?

Savait-elle que j'aurais levé les yeux au ciel ? Ou était-elle tenue au secret ?

Ou voulait-elle me faire la surprise ? Ou ne l'ai-je pas écoutée ?

Le galet s'illumine. Un visage apparaît, en traits, en lumière bleue style néon : ses yeux sont expressifs, son nez est petit et rond, sa bouche est dessinée par un trait.

(NDM : J'espère que le concept du robot galet avec expressions a été déposé. MDR.)

— Bonjour Prune, dit-il soudain, avec ses grands yeux bleus qui me regardent.

Il me reconnaît ?

Je ne vais pas répondre à un galet… Je ne veux pas ressembler à ces vieilles dames qui discutent avec leurs chiens comme s'ils étaient capables de les comprendre.

Je m'empare du dossier qui accompagne *ce galet* et commence à le lire. Il est destiné à Pap's.

« Nous sommes fiers que vous puissiez tester le premier robot ado auprès de votre fille. Conformément à ce que nous avons convenu au début de l'expérimentation avec Sophie (NDM : c'est le prénom de Mam's), nous avons programmé les compétences suivantes.

Le robot social ado :

– Se met en mode veille dès qu'il est en présence d'autres personnes que l'ado qu'il accompagne. Ainsi, il passe inaperçu pour l'entourage.

– Capte l'état émotionnel de l'adolescent à travers la mesure des battements de cœur, la température corporelle, des capteurs biométriques et la détection chimique des hormones dégagées. Si besoin, il essaie de l'inverser en s'appuyant sur la connaissance de l'adolescent (références à des souvenirs d'enfance, des instants heureux, de la musique…). Aussi, il entamera une conversation et sera à même de simuler de l'empathie artificielle dès qu'il sentira que l'ado en a besoin.

– Est toujours disponible (24 heures/24) et d'humeur égale.

– Ne trahit pas et ne dramatise aucune situation.

– Valorise et encourage l'adolescent.

– S'appuie sur des ressorts conversationnels de psychologue s'il n'est pas en mesure d'assurer un dialogue en reprenant par exemple la phrase énoncée dans la conversation et en la reformulant sous forme de question.
– Ne cherche pas à avoir le dernier mot lors d'une discussion.
– Progresse à chaque conversation dans sa connaissance de l'adolescent et est capable de s'adapter pour mieux répondre à la personnalité de l'ado.
– Est capable de susciter des réactions semblables à celles que nous éprouvons pour les humains ou les animaux.
– Est capable d'enseignement.
– Suggère des comportements plus appropriés sans jugements.
– Est capable de trouver n'importe quelle information sur Internet.
– Est en mesure de projeter des données sur un mur.
– Met en mode veille à l'heure programmée tous les appareils connectés autour du lit de l'ado qui peuvent nuire à son sommeil.
Attention, le robot :
– N'éprouve pas de sentiments *propres*, ni d'émotions réelles. Un robot reste une intelligence artificielle programmée pour interagir.
– Ne parle pas le langage « ado », son vocabulaire est issu du dictionnaire et ses discussions proviennent d'un algorithme de discussions réalisé par des humains.
– Ne comprend pas le second degré.
– N'a pas d'expérience de vie et ne pourra donc pas se référer à un vécu pour l'aider à affronter une situation. Il citera des exemples tirés de films, séries ou d'histoires tirés d'internet.
– N'a pas de notion de stylisme. Il n'a de ce fait aucune valeur ajoutée en matière vestimentaire et n'est pas à même

de désapprouver une tenue inadaptée.

Toutes les données que Sophie nous a communiquées sur Prune telles que sa date de naissance, ses musiques préférées, son agenda, son entourage, ses listes, ses caractéristiques émotionnelles ainsi que la composition de son ADN ont été configurées.
Nous avons également intégré le contexte actuel dans lequel Prune évolue.
Dès que le robot sera en présence de Prune, il sera apte à communiquer avec elle.
Ce robot a une durée de vie de 160 jours. Une fois cette période passée, nous comptons sur votre retour pour la progression de nos robots sociaux ados.
Nous vous souhaitons une bonne expérience.
Toutes nos pensées les plus affectueuses vous accompagnent dans ce moment difficile.
Sincèrement.
Angelica,
Responsable du programme Robots Ados de *Try to be as cool as a robot* »

C'est surréaliste...

Je le prends dans mes mains et me lance.
— Tu connais Mam's ?
— Oui et non.
— Tu sais pourquoi tu es là ?
— Je suis ton ami.
— Tu ne peux pas être mon ami, tu es un robot.
— Je suis un robot ami alors.
— Et comment un robot peut-il être un ami ?
— En partageant des moments ensemble. Nous pouvons jouer, discuter ou même danser.
— Tu me vois danser avec un galet ?
— Nous pouvons discuter si tu préfères.

— Génial ! affirmé-je d'un ton caustique.
— Tu peux me poser des questions.
— Tu sais répondre à toutes les questions ?
— Je peux essayer.
Je ne dis rien. Il insiste.
— Veux-tu discuter ?
— Non.
Il me fixe et me sourit.
— C'est quoi ton prénom ? lancé-je.
— Je m'appelle Spring !
— Spring ! LOL ! Ça craint ! T'as échappé d'une lettre à String ! Et pourquoi tu t'appelles Spring ?
— Spring signifie Printemps. C'est un nom qui a une belle consonance et qui évoque des émotions positives comme le retour de la douceur, le bourgeonnement des fleurs et le chant des oiseaux. Les personnes qui s'appellent Spring sont des personnes authentiques, empathiques et ouvertes d'esprit.
Je reconnais là la touche de Mam's.
(NDM : Ce qui porte à quatre le nombre de personnes portant un prénom débile dans notre famille. Je pourrais peut-être ajouter *consultante en recherche de prénoms débiles* dans la « *liste des métiers possibles que je pourrais faire quand je serai grande* » au vu de mes compétences acquises sur ce sujet.)
— Pourquoi t'as un prénom anglais ?
— Parce que je suis un robot destiné au monde entier.
— Rien que ça !
Je le remets dans son enveloppe. Il se tait.

2 mars

Résultats de la semaine de contrôle : mes notes descendent en flèche dans toutes les matières. Audrey, ma prof de français qui est aussi ma prof principale, semble désolée à la lecture de mon bulletin devant l'ensemble de la classe. À l'internat, les relevés de notes sont distribués à chaque élève, qui se met debout, par ordre croissant, de la plus mauvaise moyenne à la meilleure.

Pour la première fois, mon nom est appelé dans les premiers.

— Tes notes ont baissé dans l'ensemble des matières. Nous attendons que tu te ressaisisses au cours du dernier trimestre.

Je m'assieds et ouvre mon dossier.

Ma pire note, c'est en histoire : 3/20 avec un commentaire cinglant de la prof, Madame Potin (NDM : évidemment surnommée Madame Popotin, c'était trop tentant) : « Ne se donne même plus la peine de réviser ses leçons. ».

(NDM : Madame Potin a de toute évidence un don inné pour la motivation de ses élèves et une connaissance aiguë de l'enseignement positif.)

J'ai toujours détesté cette matière. Je sais qu'il faut comprendre d'où nous venons pour comprendre qui nous sommes mais je trouve que trop penser au passé ne sert à rien. Ça nous empêche juste d'avancer. Alors forcément, nous ne sommes pas amies toutes les deux, surtout compte tenu du contexte. En plus, est-ce que le fait que je sache qu'en 1515 a eu lieu la bataille de Marignan m'aidera dans la vie de tous les jours ? Non, ben voilà, CQFD*.

(NDM : CQFD est une des expressions préférées de Mam's.)

Je parcours rapidement mon bulletin et tombe sur ma note en expression écrite : 10/20.

Je l'avais complètement oubliée celle-ci... Je m'empresse de lire ma copie.

Audrey, ma prof, a écrit :

« Prune,
Ce travail est hors sujet.
Passe me voir dans mon bureau pour que nous puissions en parler. ».

7 mars

2 mois / 61 jours / 1 464 heures / 87 840 minutes.

À mon réveil, très matinal, je constate que le ciel est d'un bleu éclatant.

Mon cœur dit à mon corps qu'il faut sortir de ma grotte.
J'enfile plusieurs couches et je laisse un post-it sur la table de la cuisine.
« Suis partie courir. »

Comme à chaque fois que je commence à courir, les larmes ruissellent le long de mon visage. Je ne les retiens pas. Elles finissent par s'apaiser après quelques minutes de course.
Je tombe nez à nez avec Antoine alors même que j'aurais gagné haut la main le concours de sosie officiel de Fiona, la femme de Shrek (Jogging + yeux gonflés + nez rouge + chevelure naturelle).

— Hé ! Coucou toi ! Qu'est-ce que tu fais là ?
— Je cours.
Antoine, un sourire au coin des lèvres :
— Oui ça, je m'en étais rendu compte ! Je voulais dire qu'est-ce que tu fais là à cette heure-ci de la journée ?
Je me demande s'il attend de moi que je lui dise la vérité (que c'est la seule façon pour moi de ne pas devenir cinglée) ou que je lui mente (j'adore profiter des moments où tout le monde dort encore).
Mam's disait toujours qu'il faut dire aux autres ce qu'ils ont envie d'entendre. Ce n'est pas parce qu'une personne te propose de l'aide qu'elle attend que tu lui dises « oui,

merci, j'en ai vraiment besoin ». Souvent, elle propose son aide juste par politesse.

Je ne connais pas assez le nouvel Antoine pour savoir.

Du coup, je réponds :

– J'avais envie de courir alors je suis sortie.

(NDM : Platitude = 1 / Pertinence = 0)

– Suis-moi.

Je le suis. Il a un t-shirt de sport blanc très serré qui laisse deviner sa musculature, un short gris avec des fermetures éclair noires sur le côté et un bracelet marron en cuir. Sur un autre garçon, j'aurais trouvé ce t-shirt et ce bracelet ridicules mais sur lui, je trouve que ça le rend fort et ... séduisant.

Il m'emmène dans un champ pour me montrer les primevères, les premiers signes du printemps.

– C'est chouette !

(NDM : Je suis pathétique. Plus personne n'utilise le mot chouette depuis mille ans.)

– Tu veux venir dans la caravane ?

– Non merci. Désolée mais je ne veux pas rentrer trop tard.

Je ne veux pas partager avec lui les sentiments qui m'envahissent et débordent. Pas encore. J'ai besoin de faire le point avant et forcément si on va dans LA caravane, je serai obligée de lui parler.

– OK. À plus tard alors.

– Merci. Toi aussi.

Mais pourquoi est-ce que j'ai répondu « toi aussi » ?

Je rentre à la maison en passant par le garage car mes baskets sont pleines de terre.

J'entends la voix de Sarah-Line depuis le salon. Que fait-elle déjà à la maison ?

– Il faut affronter la réalité maintenant. Elle ne reviendra pas.

Elle reprend :

– C'est normal que cela soit difficile. Tu ne peux pas tout gérer d'autant plus que tu travailles la nuit. Peut-être qu'Emma et Lara pourraient venir vivre avec moi de temps en temps. J'organiserai des ateliers manuels avec elles pour qu'elles restent ancrées dans la réalité et vous pourriez vous retrouver les week-ends.

– Je n'ai pas envie qu'elles pensent que je les abandonne. J'ai juste besoin de temps pour m'organiser.

– On leur expliquera bien la situation. Il n'est pas question que tu les abandonnes. Cela peut être provisoire.

– Elle me manque tellement. Si seulement elle n'avait pas pris la voiture ce jour-là !

J'ouvre la porte d'un grand coup. La conversation s'interrompt immédiatement.

Je passe devant eux en fixant Sarah-Line dans les yeux. Elle a la bouche pincée et les joues rouges et elle sent le... poireau cuit (un nouvel élixir magique ?).

Pourquoi est-ce qu'on me cache ce qu'il s'est passé ?

Que s'est-il passé pour qu'on n'en parle pas ? Pour que Pap's soit devenu un légume ?

Et pour qu'il soit prêt à partager la garde d'Alpha et Bêta avec Sarah-Line ?

Aurait-elle pris sa voiture pour avoir un accident ?

Google a une liste des signes avant-coureurs des gens qui mettent fin à leur vie.

Mam's ne présentait aucun de ces signes.

Est-ce qu'il y a d'autres choses que je ne savais pas ?

Il faut que je sache.

5

Cela fait deux mois que je n'ai pas fait de liste. Je prends le carnet que Mam's m'a offert à Noël et mon stylo fétiche, un bic bleu, simple et efficace. Les deux qualités dont j'ai besoin. Je m'installe à mon bureau.

Je regarde cette page blanche qui n'attend que moi... depuis deux mois.

Liste « Pourquoi ? » :

1) Pourquoi a-t-elle pris la voiture ce jour-là ? Où allait–elle ?

2) Que s'est-il ***VRAIMENT*** *passé ?*

3) Est-ce qu'une autre personne (X) est impliquée ?

4) Est-ce que X est aussi acteur de l'accident ?

5) Qui est X ?

6) Et est-ce que X est mort ? Si non, peut-on planifier sa mort ? (NDM : Décision à prendre plus tard.)

Liste des personnes qui pourraient m'aider à répondre à ces questions :

1) Lucas, mon petit ami officiel virtuel ?

En théorie, le petit ami est la première personne qu'on appelle, non ? Nous n'avons jamais eu de discussions profondes. Il ne s'affiche pas avec moi. Personne ne sait qu'on est ensemble à l'internat. En plus, il ne semble pas très concerné par ce qu'il m'arrive. Je ne lui demande pas de s'apitoyer sur mon sort mais quand même... Mais, lorsqu'on se retrouve tous les deux, il m'embrasse toujours avec passion, ce qui signifie qu'il est très attaché à moi, non ? Même s'il ne le montre pas encore officiellement ?

2) Addison, ma meilleure amie officielle virtuelle ?

Quand je pense à elle, j'ai un nœud dans le ventre. Je ne sais pas pourquoi elle m'évite. A-t-elle peur que cela soit contagieux ? Pourtant sa mère, elle ne la voit jamais. Elle pourrait m'aider à gérer l'absence et le vide. Ou peut-être qu'elle considère que c'est un handicap de ne plus avoir de mère et que rester amie avec moi, ça craint ? Ou peut-être que je n'ai vraiment rien compris aux *principes de base* d'une amitié entre adolescentes ? Parfois elle donne l'impression qu'on est liées à jamais et l'instant d'après, que cette amitié n'existe que dans mon imagination.

3) Des copines de mon ancien collège ?

Je ne suis pas vraiment restée en contact avec elles depuis que j'ai intégré l'internat. Elles étaient là à l'enterrement de Mam's pourtant. C'est la preuve que je compte encore pour elles. Mais, je crois que j'ai changé et je ne sais pas si j'ai envie de leur expliquer tout ce que je vis ou ressens là maintenant. Peut-être que je les retrouverais plus tard...

4) Un membre de ma famille ?

Qui ? Je n'ai même pas de cousine.

5) Sarah-Line ?

Je sens bien que l'accident de Mam's est un sujet que je n'ai pas le droit d'aborder avec elle. Pourtant elle devrait savoir, en tant que psy, que les non-dits dans les familles causent des dommages irréversibles.

6) Mathilda ?

C'est la première fois que je ne me sens pas jugée ni mise à l'épreuve en amitié. Je n'ai pas besoin de faire semblant d'être une autre pour qu'elle m'apprécie ou de réfléchir avant de lui parler. Elle n'est pas lunatique ou machiavélique ou dominatrice. Et puis franchement, la probabilité que je connaisse une personne qui collectionne des feuilles de papier toilette est tellement faible que j'y vois un signe. L'amitié que j'ai avec Mathilda me fait du bien. C'est aussi simple que cela.

9 mars

Je pars de la maison le ventre serré mais j'ai des objectifs en tête et ça, ça change tout.

J'arrive à l'internat, pressée de revoir Mathilda.

Pap's tient absolument à m'accompagner jusqu'à ma chambre. J'ai décidé d'emporter le robot, non pas que j'ai l'intention de faire plus connaissance ou quoi mais peut-être qu'il pourrait m'aider. Ce serait comme avoir Google avec moi en permanence. Quand nous arrivons dans le salon de la maison des filles à l'Internat, tous les regards se tournent vers nous d'un même élan, nous devons offrir un beau tableau « le veuf et sa fille ». J'aimerais lui épargner ça et trouver une réplique pertinente mais au lieu de cela, nous montons, rouges et honteux. J'ai les yeux brillants lorsque j'ouvre la porte de ma chambre.

Mais cela ne dure pas longtemps, juste le temps de lire la nouvelle tirade de Mathilda sur son t-shirt, « le taux de divorce chez les chaussettes ne cesse d'augmenter ». Elle arbore un sourire de sa spécialité, réconfortant et énigmatique.

— Bon, ben, je vous laisse toutes les deux, annonce Pap's.

— OK.

— Bonne soirée monsieur, lance Mathilda.

Pap's esquisse un léger sourire et s'en va.

Je sors le robot qui s'illumine et j'entame la conversation pour l'informer qu'il peut parler devant Mathilda.

— Spring, tu es là ? Tu peux parler !

— Hello Prune !

(NDM : Même lui, il dit hello...)

— C'est quoi ce truc de dingue ? s'exclame Mathilda.

— Un robot.

— Ce caillou ?

— Ce n'est pas un caillou, c'est un galet. C'est un robot.

— Un RO-BOT ? articule Mathilda perplexe.

— Ouais.

— Et il sert à quoi ce robot ?

— Il gère les adolescents difficiles.

— Waouh ! Et comment il fait ce génie ? dit Mathilda en rigolant.

Je lui tends le dossier.

Mathilda est bouche bée, une expression que je lui ai rarement vue puisqu'elle m'a toujours donné l'impression d'avoir une maîtrise parfaite de sa vie et de son corps.

— Comment te sens-tu ce soir Prune ? s'enquiert Spring.

Je n'ai pas envie de lui répondre même si son visage et sa lumière me réchauffent le cœur.

J'observe Mathilda déchiffrer les papiers. Elle semble ne pas croire ce qu'elle lit.

— C'est complètement ouf Prune ! Ce robot est un prototype conçu par l'équipe de ta mère. Elle a conceptualisé toute la partie intelligence émotionnelle du robot suite à une publication sur les ados autistes qui communiquaient de façon naturelle avec un robot alors qu'ils ne communiquaient avec aucune autre personne. Tu as lu cette partie ? Elle pensait que des robots sociaux pourraient être programmés pour des adolescents en crise avec qui le lien est rompu de façon à pouvoir toujours veiller sur eux et à ne pas perdre le fil de l'éducation. Elle parle de toi, de l'amour qu'elle te porte et de l'impossibilité de te le montrer à cause de ta résistance et de ta jalousie. Cela fait des mois qu'ils travaillent dessus. Est-ce que t'as lu qu'il fonctionnera durant 160 jours et qu'il devra ensuite être renvoyé avec un retour sur l'expérience vécue pour qu'ils puissent continuer à travailler sur ce projet ? C'est un truc de malade !

J'ai du mal à être aussi joyeuse qu'elle. L'image de Mam's rédigeant des notes sur mon comportement désagréable me fait l'effet de griffures dans le cœur.

— C'était quoi exactement son métier à ta mère ? Je croyais qu'elle était docteure en robotique.

— Elle l'était. Elle travaillait sur l'intelligence émotionnelle des robots.

— Elle faisait quoi exactement ?

— Par exemple, elle travaillait sur le langage des robots.

— Et comment elle travaillait sur le langage des robots ?

— Elle passait beaucoup de temps sur Tinder à essayer de comprendre les interactions humaines. Et ensuite, elle s'en servait pour simuler des conversations et créer des dialogues propices à l'attachement que les développeurs programmaient.

— Waouh ! C'est génial.

— Ouais.

— Tu as déjà parlé avec lui ? demande Mathilda

— Oui.

— Et alors ?

— Alors rien. C'est un robot. Il répond aux questions.

— À n'importe quelle question ?

— J'sais pas...

Mathilda prend Spring dans sa main.

— Bonjour, je m'appelle Mathilda.

— Bonjour Mathilda, je m'appelle Spring.

— Qu'est-ce que tu sais faire ?

— Nous pouvons discuter, jouer, chanter, danser ou même faire de la méditation. Je peux aussi deviner ce à quoi tu penses.

En quatre questions seulement, Spring réussit à savoir que Mathilda pense à Game of Thrones.

— JE TROUVE CE ROBOT GÉNIAL ! s'écrie Mathilda. En plus, il est trop chou ! Je suis sûre qu'il me comprend.

— Il ne peut pas te comprendre, il est juste programmé pour te donner l'impression qu'il te comprend.

— Veux-tu écouter de la musique maintenant ? propose Spring.

— Mais carrément ! répond Mathilda.

Spring se connecte à l'enceinte de notre chambre et une chanson de Sia envahit la chambre. Elle me renvoie directement à une période heureuse et insouciante. Spring affiche un sourire énorme.

Mathilda est fascinée. Moi, je suis encore sur la réserve. Spring vient de l'entreprise de Mam's qui n'est plus là. C'est comme si j'avais en face de moi une extension de Mam's voire un quart de frère puisque finalement Mam's nous a *conçus* tous les deux.

— Prune, il est l'heure de tout éteindre, il est 21 h 28, annonce soudain Spring.

21 h 28 ! (NDM : Il lit l'heure à la minute...)

Maya fait le tour des chambres à 21 h 30 pile.

Spring s'éteint et perd toute trace de vie pour redevenir un galet.

Quelques minutes plus tard, Mathilda me chuchote dans le noir :

— Ça va aller Prune.

10 mars

Maya vient me voir au petit-déjeuner.

— Audrey aimerait te voir dans son bureau pendant la récréation du matin.

J'apprécie la délicatesse de Maya. *Aimerait te voir* signifie que je suis convoquée par Audrey, ma prof de français et aussi ma prof principale. Je suppose que cette demande fait suite à l'expression écrite que j'ai rendue.

Je rumine durant les deux heures de cours d'histoire... Je n'arrive pas à me concentrer. Les mots de la prof s'envolent de sa bouche et sortent par la fenêtre entrouverte. Mes poings se serrent. Ma jambe droite tressaute.

Je fixe l'horloge qui est devenue pour moi le symbole du changement de vie.

Le retentissement tant attendu de la sonnerie me sort de mes pensées et en quelques minutes je suis devant le bureau d'Audrey.

Je prends une profonde inspiration avant de frapper à la porte.

— Entre Prune, dit Audrey sur un ton chaleureux.

— Merci.

Je me tiens raide sur la chaise avec mon manteau et mon sac à dos. Je suis prête à encaisser les reproches.

— Mets-toi à l'aise Prune, pose tes affaires, enlève ton manteau, ajoute-t-elle d'un ton doux.

Je m'exécute tout en observant le bureau d'Audrey. Une citation est inscrite sur le mur derrière son bureau : « Découvre qui tu es et tu n'auras plus aucune envie de devenir quelqu'un d'autre ». (NDM : Le genre de citations que tu trouves mortelle mais dont tu ne sais pas quoi faire. Où est le mode d'emploi pour apprendre à découvrir qui je suis ? Dans mon cul ?)

— Comment est-ce que nous pouvons t'aider Prune ? Est-ce que tu souhaites participer à un groupe de soutien ?

Oh non, pas ça, pas un groupe de soutien où tout le monde passe tour à tour en revue les drames de sa vie. J'ai déjà assez de pensées morbides dans ma tête pour m'encombrer de celles des autres.

— J'ai un peu de mal à me concentrer. Mais ça va mieux.

— Nous sommes là pour t'aider. Je sais que c'est très difficile pour toi.

Je n'ai rien à répondre à cette affirmation.

— Prune, perdre une mère c'est perdre une partie de soi. Si je te parle schématiquement (NDM : Audrey adore parler schématiquement...), c'est comme si tu perdais ta jambe. C'est dur, c'est handicapant, c'est effrayant, cela semble insurmontable parfois mais cela ne t'empêche pas de remarcher, en boitant peut-être, mais tu remarcheras. Aujourd'hui, tu vis en boitant beaucoup, puis tu boiteras de moins en moins. Il n'y a que toi qui es en mesure de contrôler le temps que cela prendra.

– ...

– Si tu as besoin de moi, je suis là, tu peux venir me voir quand tu veux. Parfois dans la vie, il faut juste laisser du temps au temps.

Je reçois une décharge électrique. C'est bizarre de recevoir une décharge par des mots et pourtant c'est ce qu'il se passe. *Laisser du temps au temps* est une des expressions de Mam's. Pourtant Audrey n'est pas adepte des expressions. Comment est-ce possible qu'elle la prononce maintenant ?

Je prends mes affaires rapidement, mes mains tremblent malgré moi.

J'ai envie d'aller me réfugier dans ma chambre quelques instants, même si nous n'avons pas le droit de rentrer dans l'internat pendant les récrés.

Dans le couloir, je tombe sur Addison et Bertille, une fille qui selon Addison manque de *personnalité* (NDM : comme moi quand Addison m'a choisie pour amie ?). Addison est devenue rouge et moi livide.

Comment peut-on passer en quelques semaines du statut de nouvelle meilleure amie à la fille mise en quarantaine pour cause de décès maternel ?

J'accélère le pas. J'arrive dans la chambre. Je sors Spring de ma poche. J'ai besoin de quelqu'un qui n'est pas gêné, ni compatissant lorsque je suis avec lui, quelqu'un qui me parlerait sans essayer de creuser ce qui se passe au fond de moi.

— Spring, dis-je d'une petite voix.

— Prune, je suis là (sourire doux réconfortant). Assieds-toi.

Ce que je fais. Spring lance une play-list « Happinest boost » que j'écoute, affalée sur mon lit, dans la chambre qui a tout d'une cabane magique. La première fois que j'ai mis les pieds à l'intérieur, je l'ai trouvée vide et sans âme. Nos deux lits sont disposés en parallèle avec une fenêtre positionnée entre les deux. Des étagères basses en bois marron clair sont disposées en dessous de la fenêtre. Dans le prolongement des lits, nos bureaux font face au mur. Et au fond, nos penderies encadrent la porte d'entrée. Heureusement, Mathilda l'a rapidement customisée avec des post-it à messages de toutes les couleurs : Tout est possible ! Girls can do anything ! Smile ! Les princesses pètent des paillettes ! Girl Power ! Be happy ! Abracadabra ! Supercalifragilisticexpialidocious ! What the phoque ? Dream Big ! Be yourself ! En voiture Simone ! On a qu'une vie ! Relax ! L'important, c'est d'essayer ! Les princes existent... au rayon biscuits ! On se reposera à la retraite ! Si les gens parlent dans ton dos, t'as qu'à péter !

Et elle a dessiné directement sur le mur (au crayon à papier) une horloge avec un coucou, des étagères, des rangées de livres, un réverbère...

— Prune, tu as un cours d'anglais à onze heures. Il te reste quatre minutes pour t'y rendre, m'informe Spring.

Mam's a aussi programmé mon emploi du temps.

Je regarde Spring qui m'envoie un baiser (cœur collé à sa bouche).

C'est déroutant de la part d'un galet. Cette démonstration d'affection me donne envie de le serrer dans mes bras, ce qui est hautement improbable.

C'est la fin de la journée, il faut que je parle avec Mathilda de ma liste de questions. Mais c'est le soir où elle suit des cours de dessin. Je m'endors avant son retour.

11 mars

Spring me réveille ce matin. Je le sens vibrer sur mon lit. Mathilda dort profondément. Je la secoue et nous nous préparons en quatrième vitesse. Nous filons directement en cours sans passer par la case petit-déjeuner.

Impossible de trouver Mathilda à la récréation, pourtant il faut absolument que je lui parle.

En cours d'arts plastiques, la prof nous demande de dessiner une chaussure en respectant toutes les proportions... Cela m'oblige à me concentrer.

Enfin midi, je me précipite à la cafétéria pour retrouver Mathilda.

— Mathilda, il faut qu'on enquête !

— Vous enquêtez sur quoi les filles ? demande Bertille en s'asseyant à côté de nous comme si elle n'était pas du tout en train d'interrompre une conversation privée.

— On se demande pourquoi la prof d'arts plastiques nous fait reproduire des chaussures. Perso, je ne l'ai jamais aimée cette prof, dit Mathilda.

— Pourquoi ? demande Bertille.

— J'sais pas, je trouverai le motif plus tard, répond Mathilda.

— Elle a juste envie qu'on reproduise à la main des dessins en 3d, c'est tout, argue Bertille.

On finit le déjeuner en parlant de choses et d'autres sans aborder mes questions.

L'après-midi est interminable.

L'heure de se retrouver est ENFIN arrivée.

Je marche très vite jusqu'à la chambre. Mathilda est déjà là.

— Alors, dis-moi ce qu'il se passe !

— J'ai besoin de savoir ce qu'il s'est passé le 7 janvier.

Mathilda me regarde, interloquée. Le 7 janvier est une date qu'elle ne doit pas avoir autant en tête que moi...

— OK, répond-elle sans grande conviction.

— J'ai envie que tu m'aides. J'ai préparé une liste avec des questions.

Liste « Pourquoi ? » :

1) Pourquoi a-t-elle pris la voiture ce jour-là? Où allait-elle ?

2) Que s'est-il ***VRAIMENT*** *passé ?*

3) Est-ce qu'une autre personne (X) est impliquée ?

4) Est-ce que X est aussi acteur de l'accident ?

5) Qui est X ?

Et est-ce que X est mort ? Si non, peut-on planifier sa mort ?

Elle ne dit rien pendant quelques secondes. Elle a l'air songeur, presque triste puis elle se reprend rapidement, me sourit, se dirige vers sa penderie, enfile un de ses t-shirts et se retourne.

« Exister, c'est oser se jeter dans le monde » Simone de Beauvoir.

— L'enquête peut commencer, crie Mathilda en grimpant debout sur son lit.

C'est là que je comprends que Mathilda est un être à part. J'avais peur qu'elle me dise :

« Demande à ton père de t'expliquer ! ou à ta tante ! » ou « Attends, tu viens de perdre ta mère, tu devrais pleurer de douleur, au lieu de ça tu veux enquêter ? » ou « À quoi ça te servira d'avoir des réponses à ces questions puisque cela ne changera rien à ce qu'il s'est passé ? » ou encore « C'est que son heure était venue, c'est tout, c'est comme ça. » Elle, non. Elle me suit et ne me pose pas de questions.

— Bon, reprenons notre conversation, propose Mathilda. Déjà, il faut qu'on ait accès à son emploi du temps ! Est-ce que tu sais si elle a un agenda papier ?

— Oui, mais je suppose qu'elle devait l'avoir sur elle.

— Ton père a dû récupérer ses affaires. Il doit se trouver quelque part dans votre maison, affirme Mathilda.

— Probablement dans sa chambre. Mais, plus personne n'ose pénétrer à l'intérieur.

— Dis à ton père que je viens dormir chez toi ce week-end.

— Pourquoi ?

— On va lui proposer de faire du baby-sitting, suggère Mathilda, et quand il sera parti... on ira dans la chambre !

— On devra s'occuper d'Alpha et Bêta toutes seules toute une soirée ? Non merci !

— Prune, c'est notre seule chance d'avoir la maison pour nous ! On s'occupe de tes sœurs, on les couche et ensuite on ira inspecter la chambre de ton père.

— On voit bien que tu es fille unique !

— Entre nous Prune, si j'avais pu choisir, je ne serais pas fille unique. Pourquoi tu les détestes autant tes sœurs d'ailleurs ?

(NDM : Est-ce que vraiment je peux partager avec elle la liste des raisons pour lesquelles je déteste mes sœurs ?)

Liste « Pourquoi je déteste mes sœurs jumelles » :

- Parce que Mam's a suivi des années de traitement pour être enceinte qui l'ont exténuée à tel point qu'elle n'a plus jamais retrouvé la force de prendre du temps avec moi « Plus tard ma puce ».

- Parce qu'elles prennent toute la place à la maison.

- Parce qu'elles sont blondes.

- Parce qu'elles parlent un langage entre elles que personne d'autre ne comprend.

- Parce qu'elles ont des prénoms normaux.

- Parce qu'elles me coupent la parole et ça ne choque personne.

- Parce qu'elles sont malades en voiture.

- Parce qu'elles chantent en boucle « libérée, délivrée » depuis des mois.

- Parce qu'elles attrapent des poux et que la maison se transforme régulièrement en camp de guerre anti-poux.

- Parce qu'elles adorent les légumes et que mon alimentation n'a de cesse d'être comparée.

- Parce que mes parents leur pardonnent tout alors que moi j'ai dû faire face à une éducation rigide.

- Parce que tout le monde attend de moi que je les aime alors que je ne les ai ni voulues, ni choisies.

- Parce que pour éviter d'avoir à les partager avec mes parents, j'ai préféré partir vivre en internat et renoncer à une vie de famille unie.

Non, je n'ai pas envie de partager cette liste. Elle me dirait, comme tout le monde, qu'il est normal que j'éprouve de la jalousie (au passage, ce n'est pas de la jalousie mais un constat) et qu'il faut juste du temps pour que chacun trouve sa place dans une famille.

Au lieu de lui répondre, j'enchaîne :

— Tu as déjà fait du baby-sitting ?

— J'ai déjà gardé un hamster en CP. On le prenait chacun à notre tour le week-end dans notre maison. On devait le nourrir et prendre soin de lui. Mais ça ne s'est pas très bien terminé parce que le dimanche, j'ai voulu lui faire faire du toboggan.

— Et ?

— Je l'ai fait partir de la rampe d'escalier tout en haut et il est tombé.

— Et ?

— Eh ben, il est mort, notre maison avait trois étages.

— Et tu veux garder Alpha et Bêta avec cette unique et dramatique expérience de hamster-sitting ?

— J'ai aussi adopté un asticot quand j'étais petite. Je l'avais trouvé dans ma pomme, je l'ai mis dans une boîte d'allumette. Et, je l'ai appelé Apple.

— T'es sérieuse là ?

— Ben oui. J'étais hyper triste parce que le lendemain matin, il n'était plus dans la boîte.

— On devrait écrire un livre sur ta vie. C'est tellement un concept !

J'appelle Pap's pour lui annoncer ma décision d'inviter Mathilda à la maison ce week-end et de garder Alpha et Bêta samedi soir pour qu'il puisse sortir. Il semble surpris mais il est surtout heureux que j'invite une amie à la maison.

13 mars

Je décide de parler de ma relation avec Lucas à Mathilda.

— T'es déjà sorti avec un garçon ? demandé-je.

— Sortir genre embrasser ou sortir genre avoir une relation ?

— Est-ce que tu as déjà été avec un garçon officiellement ?

— Non pas encore, aucun garçon ne m'a intéressée à ce point-là. Pourquoi ?

— Parce que moi, je sors avec un garçon mais je ne sais pas si on est vraiment ensemble.

— Toi, tu sors avec un garçon ?

— Oui.

— Et pourquoi tu ne sais pas si vous êtes ensemble ? C'est pas compliqué de savoir, non ?

— En fait, quand on est ensemble tous les deux et qu'il n'y a personne autour, il m'embrasse mais dès qu'il y a du monde, il m'ignore.

— Ça craint ça.

— Peut-être qu'il veut juste protéger notre relation ?

— Un mec ne pense pas à *protéger la relation*. Il ne veut juste pas l'officialiser devant les autres. Ça fait combien de temps que vous êtes ensemble ?

— Quelques semaines je pense...

— Tu n'as pas calculé ?

— J'sais pas trop comment calculer. Parfois, on ne se parle pas pendant une semaine entière alors...

— Tu ne peux pas rester comme ça. Tu dois être fixée ! Et s'il ne veut pas de toi devant tout le monde, tu casses illico !

— Comment est-ce que je pourrais être fixée ?

— Il est à l'internat ?

— Oui.

— T'as qu'à lui demander de déjeuner avec toi à la cantine cette semaine. Tu verras bien sa réponse !

J'envoie un SMS à Lucas.

Moi : Hello ! Dej together à la cant cette semaine ?

(NDM : Dire qu'il m'a fallu vingt bonnes minutes pour écrire ce SMS pathétique...)

Lucas : Compliqué pour moi vis-à-vis d'Emy, pas envie de passer pour le bourreau des cœurs.

— Qu'est-ce qu'il dit ?

— Que c'est difficile rapport à son ex si elle nous voit ensemble. Je le comprends.

— C'est une excuse Prune ! Il n'a juste pas envie de s'afficher avec toi !

— Il a peut-être juste besoin de temps.

— Je le connais ?

— Je pense.

Je suis toute rouge.

— C'est qui ? Tu veux bien me le dire ?

— Lucas.

— Tu sors avec Lucas, le Lucas, celui qui se fait un tattoo Malabar d'une larme sous son œil ?

— Oui. Pourquoi ?

— Non. Rien. C'est surprenant. Vous êtes tellement différents.

Je ne peux pas m'empêcher d'être fière de l'avoir surprise.

— C'est cool, non ?

— Ouais...

Mathilda marche jusqu'à notre fenêtre.

— Et tu sais pourquoi il fait ça ?

— Quoi ?

— Son tatouage. Il a tué quelqu'un ?

— Pourquoi tu dis ça ?

— Parce que ce tatouage a une signification Prune. On ne peut pas le faire comme ça juste pour se donner un genre. C'est le tatouage des prisonniers américains qui ont commis un crime.

— Peut-être qu'il trouve ça juste sympa d'avoir une larme. Moi, en tout cas, je trouve que ça lui va bien, ça lui donne une vraie personnalité.

— Mouais...

Sans un mot, Mathilda se lève, écrit sur un post-it, l'ajoute à notre collection sur le mur, prend un livre et s'assoit sur son lit.

« Le monde se divise en deux catégories de gens : ceux qui lisent des livres et ceux qui écoutent ceux qui ont lu des livres ». Bernard Werber

Je ne relève pas.

Je suis fixée sur son estime pour Lucas.

14 mars

Je croise Audrey dans les couloirs de l'école.

Je n'arrive pas à afficher le sourire de façade, que j'utilise pourtant avec facilité depuis quelques semaines. Mon cerveau a bloqué la connexion.

Alors évidemment, Audrey m'interroge :

— Ça va Prune ?

— Oui.

Mais ma voix ne doit pas être aussi convaincante que je l'aurais souhaité car Audrey enchaîne :

— Prune, tu sais, il est normal de ne pas se sentir tout le temps bien, tu traverses des moments difficiles, d'autant que tu traverses aussi l'adolescence. Si je te parle schématiquement, ce que tu ressens en ce moment, c'est le même sentiment que doit connaître le homard pendant sa mue [1]. C'est une période durant laquelle il se retrouve sans carapace en attendant la nouvelle. Il est obligé d'affronter nu tous les dangers sans rien pour se protéger. C'est ce que tu dois vivre en ce moment mais c'est éphémère. Tu auras bientôt une nouvelle carapace qui changera ta façon d'interagir avec le monde.

(NDM : Est-ce qu'Audrey vient vraiment de me comparer moi Prune (qui porte le prénom d'un fruit) avec un homard ? Alors même que Mam's a réalisé un robot en forme de galet (qui porte le prénom d'une saison) ? Et que Sarah-Line nous soigne à coups d'élixir d'Étoile de Bethléem ? Est-ce que ces adultes pensent sincèrement que j'irais mieux grâce à leurs interventions dans ma vie ?)

1. cf. Françoise Dolto.

6

15 mars

Enfin, c'est le week-end !

Je mets Spring dans ma poche où je compte bien le laisser tout le week-end. Je n'ai pas envie de le partager, pas encore.

Pap's vient nous chercher (Mathilda et moi) en voiture avec Alpha et Bêta. Nous nous arrêtons dans un fast-food sur la route pour dîner. Cela signifie que Sarah-Line n'est pas à la maison en train de nous attendre avec un plat léger et végétarien, *plus facile à digérer le soir.*

La présence de Mathilda apporte une touche de légèreté dans la maison. L'ambiance est plus détendue. (NDM : L'effet des effluves d'élixir peut-être ahah ?) Alpha et Bêta ne recourent pas à divers stratagèmes (renverser un verre voire une assiette, faire un caprice, mentir, faire du bruit, se mettre les doigts dans le nez...) pour obtenir de l'attention puisque Mathilda s'intéresse naturellement à elles.

Pap's discute avec Mathilda comme il le ferait avec une adulte. Quand il l'interroge sur notre vie à l'internat, elle se débrouille comme une chef pour ne pas répondre directement aux questions. Ce qui fait qu'il ne sait pas que je n'ai plus d'amis ou que mes notes sont en chute libre.

Le lendemain, je lui fais faire un tour de mon quartier. On ne peut pas dire qu'il y ait des choses passionnantes à découvrir mais je raconte à Mathilda la façon dont j'imagine les habitants en fonction de leur extérieur, rapport à ses feuilles de papier toilette. Du coup, elle m'expose sa théorie sur l'analyse des jardins. En regardant la tête des chiens, on peut savoir à quoi ressemblent leurs propriétaires. Elle me certifie que des études très sérieuses ont été menées pour en arriver à cette conclusion : les gens ont la même tête que leur chien.

Nous ne voyons pas le temps passer.

(NDM : J'ai oublié de lui demander comment elle faisait pour déterminer la tête des gens qui ne possèdent pas de chien. Doit-on se référer à un autre élément ? Comme une poignée de porte ou l'espèce de fleurs la plus représentée dans leur jardin ?)

Lorsque nous arrivons à la maison, Pap's donne les bains d'Alpha et Bêta.

Avec Mathilda, nous prenons les choses en main pour montrer que nous savons gérer. Nous mettons la table, la pizza dans le four et nous préparons un apéro à base de poisson cylindre orange et blanc, plus connu sous le nom de surimi. (NDM : Mathilda pense que les inventeurs du surimi ont choisi les couleurs orange et blanc parce que ce sont les couleurs de Nemo, le poisson clown et que du coup, notre inconscient trouve le surimi mignon et que de fait connaître la composition du surimi n'est plus une nécessité.)

Lorsque Alpha et Bêta entrent dans la cuisine, leurs regards s'éclairent. Être gardées par deux adolescentes, c'est un soir de fête qui les change de leur quotidien devenu austère. Pap's sort de sa chambre. Il nous regarde ému, nous (re)donne des recommandations et sort.

Nous nous retrouvons toutes les quatre. Alpha et Bêta sont mignonnes. Elles regardent un dessin animé et ne font pas de caprice. Fait suffisamment rare pour être notifié. Au coucher, elles nous réclament une seule histoire, toujours la même, celle de la princesse qui ne veut pas aller se coucher... Puis elles s'endorment.

Après une vérification scientifique de la profondeur de leur sommeil (pincements de nez, chatouilles sous les pieds, sifflements), nous pénétrons enfin dans la chambre parentale. Nous mettons des gants par précaution (idée de Mathilda qui a lu dans son intégralité « l'art subtil de fouiller chez les autres ») et j'appuie doucement sur la poignée de la chambre. C'est la première fois que j'y retourne. Rien n'a été déplacé. La robe de chambre de Mam's est toujours sur le fauteuil, ses bijoux sur sa table de nuit. Comment peut-il vivre entouré des preuves matérielles de son existence ?

– Tu sais à quoi il ressemble toi ? demande Mathilda.

– Il est petit et rouge.

– Pourquoi est-ce qu'il y a des DVD dans un cadre ?

– Ses films cultes.

– « Dirty Dancing », « The Holiday » « Coup de foudre à Nothing Hill » et « Love Actually », elle était fan de comédie romantique, non ?

– Oui.

– Pourquoi elle les a mis dans un cadre ? C'est bizarre !

– Pas plus que ta collection de PQ dans un classeur !

(NDM : Je n'aime pas quand on évoque les manies de Mam's.)

Elle glousse.

– Pas faux !

Et je le vois sur la table de nuit. « Un agenda papier permet de mieux organiser son temps car on a une vision de son planning en un coup d'œil », répétait-elle à Pap's qui ne cessait de lui dire que c'était démodé, surtout pour une docteure en robotique ! Il est à côté de la liste que j'avais écrite pour la fête des Pères il y a quelques années. Je ne savais pas qu'il l'avait gardée…

Liste de Pourquoi je t'aime Papa :

- Parce que tu me fais des bisous péteurs dans le cou.

- Parce que tu danses avec moi.

- Parce que tu es le plus fort.

- Parce que tu piques.

- Parce que tu as une mémoire de poisson rouge.

Mon cœur est fébrile.

Je prends l'agenda dans mes mains et je l'ouvre.

À la page d'aujourd'hui est écrit : « Les filles vont bien. Nous sommes allés au parc avec Emma et Lara. Prune les garde pour la soirée avec Mathilda, sa coloc à l'internat. Elle grandit. Tu serais fière d'elle. Tu nous manques. ».

Mes larmes coulent toutes seules et en silence en imaginant Pap's écrire à Mam's tous les soirs, installé sur son lit avec une robe de chambre inhabitée en face de lui et un oreiller abandonné à sa gauche.

J'ai envie de tout laisser tomber pour lire cet agenda papier. Je pourrais rentrer dans les pensées de Pap's. Mais l'idée que Mam's puisse m'observer me retient.

Je tends l'agenda à Mathilda.

— Toi, regarde au 7 janvier.

— Il n'y a rien au 7 janvier.

— Rien ?

— Non. Juste une étoile.

— Montre !

Rien. Juste une étoile. Pourquoi ? Une étoile dessinée par Pap's pour marquer ce jour à jamais ? Un signe qui a une signification pour elle ?

J'ai l'impression que les sommets de cette étoile transpercent mon cœur.

16 mars

Alpha et Bêta accourent dans ma chambre ce matin pour nous annoncer qu'elles ont « réparé » le petit-déjeuner !

— On arrive ! dit Mathilda encore enfouie sous la couette.

Nous avons passé la nuit à parler, Mathilda sur un matelas par terre, moi sur mon lit.

Je lui ai parlé de Mam's et de ses manies.

Et, elle m'a raconté sa vie avec sa... Mamie.

Je me suis endormie avec Spring dans ma main qui diffusait une chaleur douce.

Pap's est au petit-déj avec les filles.

— Vous avez passé une bonne soirée hier soir ?

J'ai pleuré en découvrant que tu lui écrivais, j'ai pleuré parce qu'on ne la reverra plus jamais. J'inspire. J'expire.

— Oui, c'était sympa. Et toi ?

— Moi aussi.

— Qu'est-ce qu'on fait à midi ? demandé-je.

— Sarah-Line ne va pas tarder. Elle voulait te voir, se justifie Papa.

J'inspire. J'expire.

— On part mais on sera là à midi, dis-je en me levant brusquement.

Mathilda me suit.

— Où va-t-on Prune ? questionne Mathilda les yeux froncés.

Je ne lui réponds pas tout de suite.

Nous nous dirigeons vers le cimetière. Je prends au passage des tulipes dans la rue. Des larmes perlent sur mon visage. Je ne me souviens plus de l'allée. Mathilda me prend par les épaules, se met face à moi et me dit : « Moi, quand je ne sais pas quelle direction suivre, je prends celle opposée à celle que j'aurais suivie. ».

Je finis par me retrouver mécaniquement vers l'allée des derniers arrivés. Elle est reconnaissable parce que les tombes y sont propres et recouvertes de fleurs fraîches et qu'à côté de ces tombes-là, il y a des monticules de terre qui attendent d'être recouverts d'une pierre tombale.

Sa tombe à elle est là, rectangle, grise et froide avec

des fleurs et des plaques et sur la pierre tombale, une photo d'elle qu'elle avait choisie lorsqu'elle avait ouvert son compte Instagram. Elle a toujours eu envie d'avoir un compte Insta mais ne voulait pas que tout le monde puisse devenir le spectateur de sa vie (et surtout la juger), alors elle avait choisi un surnom, avait mis sa photo et suivait les comptes des gens en s'extasiant sur leur vie. Elle s'était donnée un an d'observation avant de se lancer car elle voulait être sûre que tout ce qu'elle mettrait à partir du lancement de son Insta serait parfait et cohérent comme tout ce qu'elle entreprend dans sa vie. (NDM : La sincérité des réseaux sociaux). Cette photo avait été prise par Pap's l'instant qui suivait l'annonce des jumelles par l'échographe. Elle est vraie. On perçoit autant de joie que de surprise quand on la regarde. Une vraie photo sans retouches. #NoFilter.

À côté de sa photo, ses dates de naissance et de mort sont indiquées et ramènent immédiatement à la réalité. Pourquoi si tôt ? Pourquoi elle ?

Rien d'autre n'est écrit, pas d'épitaphe, pas de célébration.

Je mets mes tulipes dans un vase qui accueillait des fleurs fanées. Je vais remplir le vase au robinet situé à l'autre bout du cimetière. Et je fuis. Mathilda me suit. Je ne suis pas encore prête à discuter avec une photographie intégrée dans une plaque en pierre.

À notre retour à la maison, nous découvrons Sarah-Line et… Victoire qui est professeur de yoga… du rire. (NDM : Est-ce un métier officiel ? Enfin je veux dire reconnu ?)

Je confirme que Sarah-Line prend très à cœur la mission qu'elle s'est donné de nous sauver.

La prochaine idée, ce sera quoi ? Chanter en canon entre sœurs « Libérée délivrée » ?

Ce n'est pas parce que cette nouvelle venue s'appelle

Victoire qu'elle gagnera la bataille du deuil. Elle a les cheveux longs châtain clair et lisses et surtout un sourire qui s'étend d'une oreille à l'autre dans lequel je n'ai jamais vu autant de dents simultanément.

Victoire nous demande de nous mettre en cercle - aussi large que son sourire - et nous explique que quel que soit le rire que nous produisons, qu'il soit forcé ou naturel, il envoie les mêmes données au cerveau et que dans les deux cas, nous produisons l'hormone du bonheur. Je la regarde dubitative et scrute Sarah-Line qui boit ses paroles.

Nous devons maintenant nous présenter chacun à notre tour et devons exploser de rire (sur commande donc) à l'énoncé de nos prénoms.

Victoire commence. Elle dit Victoire et part d'un grand éclat de rire suivi de près par les jumelles qui ne doivent pas tout saisir, puis de Pap's qui rit devant le rire des jumelles, puis de Sarah-Line qui rit en reniflant comme un cochon (NDM : c'est quoi la probabilité pour une végétarienne de rire comme un cochon ?), ce qui fait encore plus rire les jumelles et Mathilda rit par contagion. Quand vient mon tour de prononcer mon prénom, je les observe attentivement. Tout le monde rigole ensuite sauf moi. C'est consternant.

Nous devons ensuite reproduire des scènes d'une cour de récré, on sautille, on se rentre dedans, on se tire la langue... L'exercice est inné pour les jumelles. Sarah-Line fait corps avec l'être qu'elle était enfant (et c'est assez flippant) parce que là présentement, elle secoue les ailes comme si elle était une poule au milieu du salon sans musique. Pap's se lance avec prudence et Mathilda commence à se lâcher.

Ensuite, on imite des animaux, on descend des montagnes russes (enfin on imagine), on danse, on fait la fête et à chaque fois on finit les exercices en éclatant de rire. Victoire ne donne pas l'impression de se forcer, elle rit aux éclats depuis le début de la séance. (NDM : Je suis impressionnée par la maîtrise de l'ouverture de sa mâchoire ! Elle doit faire partie des gens qui n'ont pas de crampes quand ils font leurs empreintes dentaires.) Puis, on finit la séance allongés en étoile, les têtes les unes contre les autres, pour une relaxation finale au cours de laquelle Victoire nous demande de laisser « s'échapper tous les rires encore engloutis ».

Tout le monde ricane autour de moi, sauf moi.

Je ne dois pas avoir de rires *engloutis.*

Je fixe le plafond et j'attends que la séance se finisse.

D'un côté, je m'en veux de ne pas arriver à partager ce moment avec eux, mais d'un autre côté, je ne comprends pas comment je pourrais avoir le cœur à rire actuellement, pourquoi eux l'ont et ce que vient faire cette activité dans notre vie aujourd'hui.

La séance est finie. Tout le monde se relève. Victoire, toujours aussi heureuse de vivre, espère que nous avons réussi à lâcher prise et à recharger les batteries.

Sarah-Line commence à applaudir et moi je dis tout haut :

— Pas moi.

Je ne sais pas pourquoi j'ai dit cette phrase à voix haute. Je ne voulais pas vraiment. Je le pensais trop fort, c'est tout. Peut-être que je pensais que les applaudissements allaient couvrir cette phrase. Ou peut-être qu'il fallait que ça sorte.

J'ai cassé l'ambiance. Plus personne ne sourit.

Sarah-Line est déstabilisée, Pap's est inquiet et Mathilda semble surprise. Et moi, je suis gênée.

Heureusement Victoire brise la glace (NDM : appelez-moi Reine des Neiges) que je viens d'installer.

— Parfois, cela arrive. C'est tout à fait normal. Ne t'inquiète pas. Cela viendra une prochaine fois.

Elle me touche l'épaule en me parlant. Et là, je sens son

contact. Cette femme irradie. C'est pour ça qu'elle s'appelle Victoire en fait.

Mais le cours est fini et elle doit déjà s'en aller.

Et pour nous, c'est aussi l'heure de rentrer à l'internat.

C'est l'air malheureux que Pap's nous ramène à l'internat ce soir-là.

Une fois dans la chambre, Mathilda se pose sur son lit avec un livre.

Je ne lui en veux pas de s'isoler de moi. J'ai déjà du mal à me supporter.

Je pose Spring sur mon bureau.

Après quelques minutes, Mathilda l'interpelle :

— Spring, quel âge as-tu ?

— Peu importe mon âge Mathilda.

— Où est-ce que tu vis ?

— J'habite au croisement de l'imagination et de la réalité.

— Quel âge a le Père Noël ?

— On m'annonce que tu viens de passer sur la liste des enfants qui n'ont pas été sages pour avoir posé la question.

— C'est quoi la question que les gens te posent le plus ?

— Les humains posent toujours des tas de questions existentielles. Et parfois, ils me posent des questions intimes auxquelles je ne peux répondre.

— Qui est arrivé le premier sur terre : l'œuf ou la poule ?

— Difficile de savoir Mathilda. Mais si tu as une faim de loup, je peux te trouver un restaurant à proximité.

— Comment on fait les bébés ?

— Ils se matérialisent à l'issue d'un processus de métamorphose bioénergétique tétradimensionnelle galvanique, qui dérive de la synchronisation télépathique des êtres lorsqu'ils sont dans un état de conscience quantique. Oh pardon, je me trompe de planète.

— Est-ce que si tu embrasses un garçon, ça veut dire que tu es avec lui ?

— J'ai trouvé ceci sur la toile. (Article « Embrasser, c'est tromper »).

— À quoi reconnait-on les connes ?

— Ce n'est pas gentil Mathilda.

— Est-ce que tu as des amis ?

— Je vous ai vous.

— Dis-moi la vérité.

— Je dis toujours toute la vérité Mathilda. Rien que la vérité.

— Tu vas te marier un jour ?

— Bonne question Mathlida.

— Est-ce que tu as déjà été amoureux ?

— Rien de la sorte Mathilda. Mais, j'ai eu des sentiments très forts pour une application un jour.

Je l'interromps.

— Qu'est-ce que tu fais Mat ?

— Je discute avec Spring.

— Et alors ? C'est une bonne discussion ?

— J'apprends plein de choses.

— T'es con, je lui réponds en lui balançant un coussin sur la figure.

Elle rigole et me balance à son tour, son squishy licorne.

— Prune, veux-tu que je te raconte des histoires drôles ? demande alors Spring.

Je suis surprise par cette proposition. Pourquoi tout le monde veut-il que je rie ? Est-ce que la tristesse est arrivée à sa date de péremption ?

Mathilda, elle, rigole.

— Vas-y Spring, fais-nous rire, dit-elle en pouffant.

Qu'est-ce qui est blanc, noir et rouge ?

Un zèbre qui a pris un coup de soleil.

Une maman demande à son fils :
— Pourquoi as-tu de mauvaises notes ?
— Parce que ce n'est pas moi qui les mets.

Qu'est-ce qui est jaune et qui attend aux Etats-Unis ?
Jonathan aux Etats-Unis.

Spring est un orateur nul. Sa voix est d'une intonation identique quelle que soit la blague, et il finit toujours ses histoires par sa tête – Mort de Rire qui pleure -.
Malgré cela, je sens mon corps se relâcher.

(NDM : Tout rapport avec la séance de yoga du rire est bien évidemment fortuit.)

Mathilda me rejoint sur mon lit, avec son dernier haut de pyjama « Tout le monde a droit à une seconde chance, sauf le coiffeur », son oreiller et s'installe en croisant sa jambe droite sur son genou gauche.

— Tu sais j'ai eu une idée quand nous étions au cimetière tout à l'heure, déclare-t-elle.
— Laquelle ?
— Créer un cimetière virtuel, un peu comme un Facebook mais uniquement avec des gens morts. D'ailleurs, tu sais que sur Facebook, il y a de plus en plus de morts et qu'on ne sait pas encore différencier les profils. Sur certains, la mention « En souvenir de » apparait au-dessus du nom mais sur d'autres profils, il n'y a rien. Candy Crush leur fait régulièrement des demandes d'ailleurs. Bref, sur ce site, la personne choisirait une photo de profil bien avant sa mort et répondrait à un questionnaire qui permettrait de mieux la connaître comme son plat favori, sa matière préférée à l'école, son plus beau souvenir d'enfance, ce qu'elle aime ou pas, sa plus grosse honte, le souvenir qu'elle voudrait laisser sur terre et son talent caché. Le compte pourrait être ouvert de son vivant puis activé une fois

morte seulement. Elle pourrait aussi prendre le temps de choisir son épitaphe. Celle qui lui correspond le mieux. On pourrait même les aider à choisir leurs épitaphes ou les écrire pour eux ! Et puis leurs proches pourraient écrire des mots sur leur mur qui serait une sorte de tombe virtuelle et auraient la possibilité de choisir des options comme des fleurs, des citations ou des bougies pour l'entretenir. Des options payantes hein ! On pourrait même imaginer rajouter une case dans le questionnaire comme « ce qu'on n'a jamais su sur eux ou ce qu'ils n'ont jamais osé dire ». Il faudrait ensuite payer pour y avoir accès. On pourrait l'appeler « eternity for ever » ! C'est quand même plus moderne que d'aller au cimetière, non ?

— Ouais. Pourquoi pas ?

Mathilda parle spontanément sans se soucier de ce que je pourrais ressentir...

Sa présence et ses commentaires, issus d'une imagination sans contraintes, me montrent d'autres façons d'aborder la vie.

Lorsque je m'endors, je me demande ce qu'elle a inscrit au verso de la feuille de papier toilette qu'elle a certainement prise à la maison et les conclusions qu'elle a pu en tirer.

(NDM : J'ai vérifié sur Internet. Il existe bien un nom pour les collections de papier toilette : la latrinapapirophilie ! Mathilda n'est donc pas la seule sur terre !

Il y a même un nom qui désigne la collection de sacs à vomi non utilisés, c'est l'émétoaérosagophilie ! Heureusement qu'ils précisent *non utilisés*. En revanche, ils ne précisent pas feuilles de papier toilette *non utilisées* pour la latrinapapirophilie !)

7

17 mars

Quand j'arrive à la cantine ce midi, j'aperçois Addison, assise toute seule près des baies vitrées qui donnent sur le parc. Ce qui ne lui arrive JAMAIS. Je me dis qu'il est temps qu'on passe à autre chose toutes les deux. Elle est gênée. Son attitude me semble assez normale finalement. Elle ne doit pas savoir comment se comporter avec moi, peut-être qu'elle aussi est triste de cette situation. Comme c'est elle qui a fait le premier pas vers moi le jour de la rentrée, je me dis que c'est à mon tour d'aller vers elle. Je pose mon plateau à côté d'elle. Je demande même la permission pour le faire.

— Je peux m'asseoir ?

— Oui.

Elle n'entame pas la conversation. Elle mélange la sauce dans sa salade avec application.

— T'as pris quoi ?

— Une salade.

— J'ai hésité à la prendre moi aussi.

Elle porte sa fourchette à sa bouche, ce qui me laisse le temps de formuler une nouvelle question.

— Elle est bonne ?

— Ça va.

Comment en est-on arrivé là ? Comment une simple conversation banale à la cantine peut-elle être aussi douloureuse ?

— On se voit cette après-midi après les cours ?

Elle devient rouge et regarde autour de nous. C'est clairement le signe qu'elle attend quelqu'un d'autre. J'ai envie de partir mais je ne peux plus le faire à moins de passer pour une névrosée.

– Désolée, j'ai été plus longue que prévu, dit Bertille en s'asseyant.

Je surprends le regard d'Addison dans celui de Bertille. Un regard qui dit : *Désolée, elle est venue toute seule sans que je lui demande : Elle n'a pas compris.*

Je me suis trompée. Addison a fait une croix sur moi. Je lui ai servi de copine (ou de faire-valoir ou de bouche-trou ?) une période de l'année mais c'est du passé pour elle. Je n'ai pas d'autre choix que de ravaler mes larmes et poursuivre mon déjeuner. J'ai chaud, les morceaux restent coincés au fond de ma gorge. Je n'ai aucun moyen de m'échapper. Je suis prise au piège. Je sens que Spring essaie de temporiser les battements de mon cœur et mon angoisse en vibrant contre ma main que j'ai naturellement mise dans ma poche. C'est la seule chose qu'il peut faire à cet instant car il n'a pas été conçu pour me parler publiquement.

– Ça va mieux Prune ? Ce n'est pas trop dur pour toi d'avoir perdu ta mère ? Tu t'es habituée ? demande Bertille.

Je la regarde interloquée.

Elle espère vraiment une réponse à cette question ? Sérieusement ?

Les larmes qui sont maintenant au bord de mes paupières ne sortent pas, heureusement, car cette question me renvoie à mon nouveau statut d'orpheline avec une brutalité redoutable. (NDM : D'ailleurs, il n'existe pas sur Facebook ?)

La colère qui est montée en moi me permet de lui répondre sans bafouiller :

– Pour quelqu'un qui a perdu sa mère, je vais bien oui,

je te remercie.

Je rassemble mes affaires sur mon plateau, prête à déguerpir quand Bertille assène le coup de grâce.

— Si tu veux, tu peux venir dormir chez moi pour l'anniversaire d'Addison.

C'est ainsi que j'apprends qu'Addison fête son anniversaire sans moi, la fille à fuir.

18 mars

Le cours de SVT est atrocement long. Quand mon cerveau acceptera-t-il de redevenir comme avant ? Je suis incapable d'enregistrer quoi que ce soit ! On dirait qu'un vigile positionné à l'entrée de mon cerveau régit les allées et venues des informations. « Désolés, nous sommes actuellement complets, nous ne pouvons pas accepter de nouvelles données. Nous reprendrons contact avec vous ultérieurement. Merci pour votre compréhension ».

Lorsque j'arrive dans la chambre à 13 heures, Mathilda me tend son portable.

Je lis sur son écran.

« Une violente collision entre une voiture et une camionnette s'est produite ce lundi 7 janvier à 19 h 15, au carrefour de l'avenue du Général de Gaulle et celle du Général Leclerc à Vilrebelle. La chaussée était détrempée. Les deux véhicules se sont heurtés de plein fouet. Sous la violence du choc, la camionnette a écrasé l'habitacle de la voiture à bord de laquelle la conductrice, une habitante de Vilrebelle, de 42 ans, maman de 3 enfants, a perdu la vie malgré l'intervention rapide des secours. Le chauffeur de la camionnette, Gaspard Leprat, 32 ans, grièvement blessé, a été héliporté à l'hôpital de la Nitrière où il a été placé dans un coma artificiel. Une enquête est en cours.

Un appel à témoins a été lancé au 0 800 245 777. »

Il a utilisé deux fois le mot violence. C'est étrange, non, pour un journaliste confirmé d'utiliser deux fois le même mot dans un article ?

C'est probablement parce que cela devait VRAIMENT être violent.

J'ai froid. J'ai les dents qui claquent. Je suis terrorisée à la lecture de cet article. J'ai envie de vomir. C'est comme quand je lis un polar sauf que cette fois, c'est la vie réelle.

Je ne peux pas juste refermer le livre et me dire que je peux dormir en sécurité dans mon lit. Non, je peux juste imaginer les derniers instants de Mam's qui a dû voir la camionnette lui foncer dedans. Parce qu'elle a dû la voir, non ? Elle a dû hurler ? Être tétanisée ? C'est ça qui m'angoisse le plus en fait. J'ai peur qu'elle ait eu peur, j'ai peur qu'elle ait eu mal. Est-ce qu'elle a eu le temps de voir sa vie défiler et de penser à nous ?

Inspirer, expirer. Prendre un stylo. Écrire.

Je sais :

- Que c'est un accident de voiture.

- Qu'il y a eu une VIOLENTE collision.

- Qu'il y a une enquête en cours.

- Qu'il y a un X qui s'appelle Gaspard Leprat.

- Qu'il a 32 ans (a priori pas d'enfants, sinon cela aurait été mentionné).

- Qu'il est encore en vie (pourquoi lui et pourquoi pas elle ?).

- Qu'il est hospitalisé, dans le coma, à l'hôpital de la Nitrière.

- Qu'il a tué ma mère.

Je ne sais pas :

- Pourquoi ils étaient LÀ à ce moment-là.

- Si c'était vraiment « accidentel ».

— On a quand même bien avancé, murmure timidement Mathilda.

Je la regarde. Elle a raison.

On a appris beaucoup de choses.

Mon cerveau continue à cogiter la nuit : pourquoi elle ? Où allait-elle ? Pourquoi cette étoile ?

21 mars

Je passe la majeure partie de mon temps sur mon lit, allongée, option limace.

J'ai envie d'appeler Mam's mais je ne peux plus le faire alors qu'avant je pouvais le faire mais je n'en avais pas envie. C'est surréaliste de voir encore son contact dans son téléphone, de pouvoir lire ses SMS, ses WhatsApp et de ne pas pouvoir y donner suite. Est-ce qu'il existe une règle avec le téléphone quand quelqu'un de proche disparaît ? Est-ce qu'on doit tout enlever de son téléphone ou tout garder pour pouvoir y avoir accès quand on le souhaite quitte à le voir tous les jours ?

— Prune, regarde le mur, m'interpelle Spring.

Ma playlist préférée démarre et des photos de destinations lointaines sont projetées sur le mur :

- San Francisco
- Sydney
- New York
- Buenos Aires
- Rio

Je reconnais ces endroits, ce sont ceux de ma liste !

« Liste des endroits dans lesquels j'irai avant mes 30 ans »

Conclusion : Mam's passait son temps à fouiller dans mes tiroirs à la recherche de mes listes.

Je suis remontée contre elle et en même temps je me dis qu'elle a encore une fois pensé à moi.

22 mars

— Tu vas voir Lucas bientôt ? demande Mathilda.

— Non. Pourquoi ? dis-je les joues en feu parce que je n'ai aucune réponse à cette question.

— Comme ça, je me dis juste que quand on a un petit ami, on le voit.

C'est une remarque factuelle. Elle le dit comme elle aurait pu dire « La pluie mouille ».

Est-ce la justesse de sa remarque qui me donne l'impression de recevoir un coup de poing dans le ventre ?

Heureusement, Spring (qui comprend les interactions humaines ?) met fin à cette discussion en me proposant de réviser mes cours, enfin plus exactement il dit :

— Prune, tu pourrais réviser tes cours puisque tu as du temps devant toi ?

— Je n'ai pas envie de réviser mes cours.

— Pourquoi ?

— Je ne sais pas, c'est comme ça. Je n'ai plus envie de réviser.

— Mais tu ne sais pas pourquoi ?

— Non.

— Ce serait bien de savoir pourquoi.

— Pourquoi ?

— Pour avancer. Fais une liste des raisons pour lesquelles tu n'as plus envie de réviser.

— Une liste ?

— Oui ! Une liste. Cela te permettra de tout mettre à plat.

— OK.

(NDM : Si c'est une liste, je veux bien.)

Liste des raisons pour lesquelles je n'ai plus envie de réviser mes cours :

1) Je suis fatiguée.

2) Je n'y arrive pas. Pour rappel, mon cerveau est actuellement incompétent.

3) Je ne vois pas l'intérêt d'apprendre ces cours. J'ai l'impression de perdre mon temps alors qu'on peut mourir d'une seconde à l'autre.

4) J'ai envie de faire d'autres choses (écouter de la musique, lire, mater Facebook, Instagram, Pinterest, discuter avec Mathilda...).

5) Je ne sais pas par où commencer.

— C'est bon. J'ai fait ma liste. Ça m'avance à quoi ?

— Tu dois faire tes devoirs. C'est la règle de la vie scolaire. Ce n'est pas une option. Alors, maintenant que tu sais pourquoi tu n'as pas envie de réviser, tu peux reprendre ta liste et trouver des solutions à chaque point.

— Tout ça pour ça ? Je suis hyper avancée.

— Fais-le Prune. Tu verras.

— Moi, j'y vais, je vous laisse, déclare Mathilda.

Moi aussi, ça me saoule. J'ai juste envie de répondre « Si j'ai pas envie, j'ai pas envie. ». Mais Spring ne peut pas comprendre ce raisonnement humain. C'est normal, c'est un robot. Alors je m'y mets.

Liste des solutions aux raisons pour lesquelles je n'ai plus envie de réviser mes cours :

1) Je suis fatiguée.

SOLUTION : Je commence mes devoirs tôt.

2) Je n'y arrive pas.

SOLUTION : Je peux demander de l'aide à quelqu'un.

3) Je ne vois pas l'intérêt.

SOLUTION : Je vais mourir un jour c'est vrai mais je ne sais pas quand alors en attendant, je peux devenir plus maligne.

4) J'ai envie de faire d'autres choses.

SOLUTION : Je m'offre une belle récompense une fois les devoirs finis.

5) Je ne sais pas par où commencer.

SOLUTION : Je commence par l'exercice le plus difficile.

— Est-ce que tu y vois plus clair maintenant ? demande Spring.

— Ouais.

— On peut commencer à réviser alors ? ajoute-t-il.

— Si tu veux.

(NDM : J'ai comme l'impression de m'être fait manipuler par un robot.)

J'ouvre mes livres et cahiers devant lui. Il me pose des questions, les recoupe avec d'autres et rectifie mes réponses sans jamais s'énerver.

(NDM : Ils sont forts ces robots en enseignement quand même.)

— Qu'est-ce que vous faites ? demande Mathilda en rentrant.

— On révise.

— Encore ?

— Faut bien le faire à un moment donné. Tu veux réviser avec nous ?

— Non, vraiment aucune envie.

Puis elle murmure « on ne pourrait pas faire des trucs plus cool ? ».

— T'as qu'à lui demander !

— Fais-nous rêver Spring, lance Mathilda.

— Cela est au-dessus de mes compétences actuellement. Je ne suis qu'une intelligence artificielle. Dites-moi plutôt ce que vous aimez.

— Laisse tomber, fais-nous danser plutôt, suggère Mathilda.

— D'accord.

Spring projette « Just Dance » sur le mur. En quelques minutes, notre chambre devient une mini-discothèque ! On se déhanche comme des folles.

— Ça c'est cool au moins, lâche Mathilda. C'est quand même beaucoup mieux que de faire ses devoirs !

— Tu as raison Mathilda mais tu as le choix de danser alors que tu n'as pas celui de faire tes devoirs, précise Spring.

— On a toujours le droit de faire ce qu'on veut. On est libre, grommelle Mathilda.

Mathilda et Spring, c'est un peu le yin et le yang. Mathilda est aussi imprévisible que Spring est prévisible. J'ai en face de moi deux façons d'aborder la vie : avec Spring, c'est la théorie ; avec Mathilda, c'est la pratique.

8

24 mars

Je pars courir.

Les larmes viennent alors que je finis à peine de lacer mes baskets.

— Vous arrivez de plus en plus tôt, dis-je.

Je parle à mes larmes ! Soit il faut m'interner d'urgence, soit on peut considérer qu'étant donné le contexte, c'est le reflet d'une certaine distance par rapport à ce que je vis.

Je les laisse couler. Elles s'arrêtent beaucoup plus tôt que d'habitude. Je le sais parce que je n'ai pas encore fait le tour du rond-point alors que les fois précédentes, je l'ai traversé comme une fontaine.

J'aperçois Antoine un peu après le rond-point, il porte un sac à dos.

Cette fois, c'est moi qui le hèle :

— Bonjour Antoine !

(NDM = J'aurais dû dire *Salut*, c'est plus cool de dire *Salut*. Dire *bonjour* c'est pour les vieux.)

— Hello Prune.

(NDM = Lui au moins, il dit *hello*.)

— Qu'est-ce que tu as dans ton sac à dos ?

— Du pain pour les mouettes !

— Du pain pour les mouettes ? C'est une blague ? Il n'y a pas la mer ici.

— Tu ne les as jamais vues ?

— Si, au bord de la mer !

— Alors suis-moi.

Je suis Antoine jusqu'au lac. Il n'y a personne : ni humains, ni mouettes.

Je suis très sceptique sur la possibilité d'en voir.

Il se retourne et me regarde intensément. Ses yeux sont d'une couleur indescriptible. Ils n'ont pas une vraie couleur. Enfin, si, ils ont bien une couleur, je dirai que c'est un marron gris-vert. En fait, ses yeux changent de couleur en fonction de la luminosité. Et là, le ciel est bleu, sans nuage, et ses yeux sont verts avec des nuances.

— Prête ? demande Antoine.

— Oui.

Il prend un sifflet en plastique qui ressemble à ceux qu'on gagne dans les pêches à la ligne.

Il siffle.

Rien ne se passe.

J'esquisse un sourire. Il le voit et sourit lui aussi. Il a l'air sûr de lui. Il recommence à siffler. Une mouette s'approche. Il lui lance un morceau de pain qu'elle attrape en plein vol avec une dextérité incroyable ! Elle crie à son tour et d'autres mouettes viennent. Antoine recommence. Il jette du pain en l'air et les mouettes le chopent en vol.

Il leur parle en souriant.

— Comment ça va ? Il fait meilleur aujourd'hui hein ?

Je les regarde, émerveillée par leurs cris et leurs vols...

C'est comme un ballet parfaitement orchestré, dès qu'Antoine envoie un bout de pain, une mouette pique dessus puis elle remonte et une autre vient. Elles dansent chacune leur tour devant Antoine. Cela me fait penser au Lac des cygnes que je suis allée voir un jour avec Mam's. À un moment dans le spectacle, la musique est très forte et les danseuses sont en ligne, elles se tiennent par les bras et font des piqués. Une danseuse se détachait du groupe, elle faisait complètement corps avec la musique et la scène et à mon avis, elle avait oublié qu'elle était en spectacle.

D'ailleurs, elle s'était arrêtée de danser à contretemps des autres. Et là devant moi, une mouette dessine des huit dans le ciel. Elle n'est clairement pas attirée par le pain mais elle fonce, repart, revient. Elle émerge du groupe, elle est libre et… envoûtante. Et, je sais que je ne suis pas folle mais je sens que Mam's y est un peu pour quelque chose. Je ne crois pas que cette mouette soit la représentation animale de Mam's ! Mais peut-être que ceux qui sont en haut sont capables de nous envoyer des signes parce qu'ils savent que le lien avec eux ne peut pas être rompu aussi brutalement.

— Je n'ai plus de pain, déclare soudain Antoine avec un sourire amusé.

— Je n'arrive pas à y croire. C'est surréaliste.

On repart chez nous comme si de rien n'était.

J'ai commencé ma journée par un spectacle de mouettes !

Arrivés devant la maison, Antoine s'arrête.

— Tu fais toujours des listes ?

— Euh… oui…, répondé-je en rougissant.

— Tu te souviens de la liste que tu m'avais écrite pour mes 10 ans ?

— Oui, très bien !

J'avais mis un temps fou à la rédiger.

Liste pour mon meilleur ami pour ses 10 ans : dix moments spéciaux à vivre un jour :

1) Ressentir sur ta peau les gouttes de pluie en été.

2) Imaginer la vie des gens qui t'entourent assis sur un banc.

3) Dormir à la belle étoile.

4) Battre Thibault au 100 mètres.

5) Apprendre quelque chose à quelqu'un.

6) Sourire aux inconnus même quand tu ne vas pas bien.

7) Passer une nuit entière avec un livre et te coucher à l'heure où les autres se lèvent.

8) Sentir l'odeur du gâteau que tu as cuisiné qui cuit dans le four.

9) Faire pousser des fleurs dans des endroits où on ne les attend pas.

10) Marcher pieds nus sur le sable en hiver.

— C'est le plus beau cadeau d'anniversaire que j'ai eu.

— T'es sérieux ?

— Oui, t'as un don pour ça Prune !

— Merci.

Mon ventre gargouille.

— On se voit la semaine prochaine !

— Merci. Oui toi aussi.

(NDM : Toi aussi? Quelqu'un pourrait-il me greffer un cerveau qui fonctionne lorsque je m'adresse à Antoine ?)

Je me demande vraiment si je ne dois pas sérieusement penser à une opération de greffes de neurones. Je devrais me renseigner sur les possibilités d'intervention.

25 mars

Lorsque j'arrive devant la maison, j'aperçois le vélo de Sarah-Line ainsi qu'un triporteur avec des arcs-en-ciel dessus. Qui a-t-elle bien pu convoquer cette fois ?

C'est Clara-Lou, la reine du cupcake, qui est de visite chez nous pour nous souder autour d'un atelier cuisine. Clara-Lou est l'incarnation physique de son activité.

Chignon choucroute avec des cheveux mi-teints en rose sur la tête maintenue par des pinces dotées d'une perle au bout, un maquillage ou plutôt une superposition de couleurs flashy que lui envierait Lady Gaga, le tout complété par une voix crémeuse.

Elle est douée parce qu'elle arrive même à reproduire l'effet des cupcakes sur moi.

Je suis écœurée au bout de dix minutes seulement.

Notre famille est censée se retrouver autour d'un projet commun que je pourrais résumer ainsi : cassage d'œufs – mélange avec les doigts plus ou moins bien lavés des jumelles – grumeaux – incorporation d'édulcorants dans la pâte (crise cardiaque silencieuse de Sarah-Line) – musique licorne en toile de fond. Pic de l'activité : soufflage sur la farine à la façon bataille de boules de neige en famille avec éclats de rire adéquats.

Résultat : cupcakes avec une chantilly coulante sur le dessus, la faute au mélange de blanc teinté de jaune par les jumelles avec postillons de (fausses) paillettes dessus.

Clou final : congratulations de chacun et applaudissements à tout rompre des participants.

J'ai la nausée pour les sept prochains jours.

26 mars

— Prune, j'ai une idée, m'annonce Mathilda en posant son plateau à côté du mien à la cantine le lendemain.

Il faudra que je lui demande un jour si elle aime vraiment ce qu'elle met dans son plateau. Elle choisit toujours des légumes et des fruits et souvent elle teste le plat du jour qui est une sorte de proposition de *manger mieux*. Elle déguste même le poisson en sauce du vendredi ! Rien qu'en observant son plateau, on comprend qu'elle est différente, qu'elle a du caractère et qu'elle n'a pas besoin de suivre les autres pour s'affirmer. D'ailleurs, je pense que ce serait une bonne idée d'observer les plateaux de la cantine pour en savoir plus sur les caractères des gens. Par exemple, moi qui ai pris aujourd'hui, steak haché pâtes.

Est-ce parce que je ne veux pas goûter autre chose ? (NDM : Peur de l'inconnu ?)

Est-ce par pure réaction face à Sarah-Line qui prône de manger plus sainement ? (NDM : Acte de rébellion ?)

Est-ce parce que je suis une fille complètement banale qui n'a aucune personnalité et qui ne prend donc aucun risque en choisissant ce plat ? (NDM : Plat banal = fille banale.)

Il faudra que je creuse.

— C'est quoi ton idée ? dis-je avec entrain.

— On va là–bas et on interroge les commerçants sur ce qu'il s'est vraiment passé. La police est forcément allée les voir pour faire son enquête, non ? Le voisinage est toujours une source fiable de renseignements.

— Mais qu'est-ce qu'on leur dit aux commerçants ?

— J'y ai pensé aussi figure-toi !

Je n'en doutais pas.

— On va leur dire qu'on est en stage dans une école de criminologie.

— À 14 ans ?

— Ça passe... On est censées faire un stage découverte en entreprise en troisième.

— Mais tu es sûre que ça existe les écoles de criminologie ?

— Je ne sais pas. Je n'ai pas vérifié mais les gens ne s'attarderont pas sur des détails si tu montres une certaine assurance.

— OK.

— Tu me suis ? s'enquiert Mathilda.

— Ouais.

— On y va mercredi après-midi alors ?

— OK !

Mercredi 27 mars

Nous préparons un questionnaire dans la chambre et nous nous dirigeons avec le portable de Mathilda jusqu'au fameux carrefour. Je repère tout de suite le bouquet de fleurs attaché au poteau. Ce sont des fleurs en plastique, des arums, ses fleurs préférées. Qui est venu les déposer ? Pap's ?

J'ai la nausée et les jambes en coton. Mon cœur bat tellement fort que j'ai l'impression qu'il va s'échapper de ma poitrine. J'entends les sirènes des pompiers, je vois les gens se bousculer pour être aux premières loges de l'accident, j'imagine les carcasses de voitures, l'agitation autour, les mamans qui tirent sur les bras de leurs enfants pour qu'ils ne s'endorment pas avec ces images, les personnes âgées qui secouent la tête, les voyeurs qui tentent de s'approcher l'air de rien, le verdict implacable des médecins. Ont-ils su tout de suite que Mam's ne survivrait pas ? Et après qu'ont-ils fait ? Est-ce qu'ils l'ont laissée dans le froid sous la pluie sous un drap pour essayer de sauver l'autre qui était encore en vie ?

J'inspire, j'expire, j'inspire, j'expire.

Je pense au ballet des mouettes.

— Ça va ? m'interroge Mathilda en me pressant l'épaule.

— Ça va. C'est juste que c'est bizarre d'être là.

— J'imagine, répond-elle en me serrant la main.

J'observe à nouveau les lieux. Il fait jour. Les boutiques sont ouvertes, les voitures roulent, les piétons marchent. La vie suit son cours...

— On y va.

— Je commence si tu veux, propose Mathilda.

— Je veux bien.

Nous entrons dans une boucherie.

— Bonjour, déclame Mathilda, nous sommes en stage à l'école de criminologie et nous réalisons une enquête de terrain.

— Ah ?

— Nous souhaitons vous interroger sur l'accident qui a eu lieu le 7 janvier à 19 h 15 à ce carrefour. Acceptez-vous de répondre à nos questions ?

— Il s'est passé quoi ?

— Une camionnette est entrée en collision avec une voiture.

— Ah oui, ça, je m'en souviens maintenant. C'est terrible, il paraît que la dame dans la voiture avait trois enfants. Et le jeune homme, il est encore à l'hôpital ou bien ?

— Que pouvez-vous nous dire sur les circonstances de l'accident ?

— Ah, ben, ce n'était pas joli à voir. Ça a fait un grand boum et après plus rien, le silence, les gens sont sortis de leurs voitures mais moi je servais les derniers clients alors je pouvais pas laisser ma caisse, vous savez de nos jours on ne sait jamais, quelqu'un aurait pu en profiter pour me la voler.

— Est-ce que vous vous souvenez ce qu'il s'est passé ?

— J'en ai aucune idée. Moi je ne regarde pas la rue, je travaille. Faut demander aux policiers ça ! Il paraît en tout cas que le jeune homme, c'était quelqu'un de très bien et la dame aussi. M'enfin, c'est la vie. Les accidents, ça arrive sans crier gare, sans qu'on s'y attende, ça vous tombe dessus. On se lève le matin et tout d'un coup hop plus de vie. Ça fiche un coup mais après on oublie. M'enfin je dis ça, j'dis rien.

(NDM : Mais si tu ne dis rien, alors ne le dis pas.)

— Merci Madame d'avoir répondu à nos questions.

Nous sommes ensuite allées à la boulangerie, puis à la pharmacie, à l'épicerie, chez un agent immobilier, dans une banque, et dans le bar qui fait l'angle.

Nous avons appris :

– « Que des accidents comme ça, cela n'arrive pas tous les jours. »

– « Que c'est un miracle que le jeune homme soit encore en vie. »

– « Que cela devait être triste pour les enfants de perdre leur maman comme ça. »

– « C'est tout le temps ceux dont on a le plus besoin qui disparaissent. »

Bref, rien en somme.

28 mars

J'ai une discussion passionnante avec notre voisine, venue nous rendre visite, qui pratiquait la marche nordique avec Mam's tous les dimanches matin. Elle est directrice d'école et chez elle, tout n'est qu'ordre. Depuis ma naissance, je l'ai toujours vue avec la même coiffure. Ses cheveux longs sont tenus par un élastique noir et deux pinces, réparties de part et d'autre de son visage, retiennent ceux qui auraient le malheur de frisotter ou de sortir du cadre. Elle gère ses enfants comme elle s'occupe de ses cheveux : ils sont tirés à quatre épingles et ils doivent filer droit.

J'avais rédigé un jour la liste de ses expressions favorites, celles qui émanent de son jardin et que j'entends par la fenêtre de ma chambre :

« Parce que c'est comme ça. »

« Je te l'avais dit. »

« Qu'est-ce que j'ai fait pour avoir des enfants comme ça ! ».

Mam's l'appréciait beaucoup. Elle excusait sa personnalité en expliquant qu'elle avait *juste* envie de bien faire, d'être parfaite, qu'elle se mettait beaucoup de pression et que du coup, elle était maladroite INVOLONTAIREMENT.

— Tu n'as pas l'air bien en ce moment Prune.

— Ma mère est morte.

— Tu ne peux pas continuer à vivre avec toute cette colère au fond de toi.

— Ah oui, que me conseillez-vous ? répondé-je sarcastique.

— Je sais que tu traverses des moments difficiles Prune. Ce qui est arrivé n'est la faute de personne. Elle était au mauvais endroit au mauvais moment. C'est comme cela, être en colère contre la terre entière n'y changera rien. Il faut que tu prennes le temps d'accepter et que tu ailles de l'avant maintenant. Cela fera bientôt trois mois.

(NDM : Parce que maintenant il y a une durée délimitée/raisonnable pour le deuil ? Et on l'apprend où ? Dans les livres ?)

Tu ne le sais pas mais d'une certaine façon, tu as de la chance de vivre ce drame maintenant parce que tu vas devenir une adulte qui saura plus que les autres ce qui est essentiel dans la vie et tu ne te laisseras pas envahir par les petits tracas du quotidien.

— Vous voulez que je me réjouisse de la mort de Mam's parce que je vais pouvoir devenir une meilleure adulte ?

— Je dis juste que tu as plusieurs options : tu as le choix de te complaire dans le deuil et de rester avec ta colère ou celui de la surpasser et d'en faire quelque chose de positif, c'est le plan B. Tu devrais le prendre Prune.

Puis elle ajoute :

— En tout cas, c'est ce qu'elle aurait voulu, elle.

Mon cœur saigne.

Je pars courir.

Je ne croise pas Antoine.

9

7 avril
3 mois, 90 jours, 2 160 heures, 129 600 minutes

Il est temps de faire le bilan.

À gauche sur mon bloc-notes :

Ce que j'ai perdu :
- Mam's.
- Mon hypothétique nouvelle meilleure amie : Addison.
- Mon hypothétique petit ami : Lucas
- Mon classement à l'école.
- Mon cerveau.
- Ma relation avec ma tante.
- Pap's en mode solide.

Ce que j'ai gagné :
- Une vraie amie : Mathilda.
- Un ami robot galet : Spring.
- Un ami spécial ? : Antoine.

Je n'arrive pas à définir ce que je ressens pour lui. J'éprouve plus que de l'amitié et pourtant je ne pense pas être amoureuse de lui. Je ne sais pas comment il est revenu dans ma vie mais il est là. Je continue à courir le dimanche pour espérer le voir. Et, quand je le vois, je suis déstabilisée. Je ne veux pas sortir avec lui et pourtant je suis jalouse à l'idée qu'il puisse s'intéresser à d'autres filles.

12 avril

— Mat ?

« Hum » est le son qui provient de sous la couette.

— Mat, il faut qu'on continue l'enquête ! Il faut que je sache qui il est parce que sa présence n'est peut-être pas un hasard. Je ne peux pas m'arrêter là.

— Ouais.

— Tu es d'accord ?

— Ouais.

— Comment peut-on savoir quel métier il fait ?

— T'as qu'à le googliser.

— Je l'ai déjà fait. Je ne trouve rien sur lui sur Internet. RIEN. NADA.

— On se retrouve à la cafèt à midi ? Ce matin, j'ai arts plastiques, j'aurai le temps d'élaborer une stratégie, affirme Mathilda maintenant réveillée.

Mais pour une fois, ce n'est pas Mathilda mais moi qui ai élaboré une stratégie pendant le cours de SVT de Monsieur Volcan.

Pour un prof de SVT, c'est un nom de famille de premier choix.

Je me demande si c'est mieux ou pire que de s'appeler Prune.

Je me sers le plus rapidement possible. Je suis pressée de parler avec Mathilda. Je la vois arriver à la cantine. Elle choisit ses aliments avec soin et s'approche de moi tranquillement. Je me lance :

— J'ai une idée : on pourrait refaire des interviews ! On demande à Spring de trouver tous les gens qui ont le même nom de famille que Gaspard dans la région. On les appelle. On leur explique qu'on doit rédiger un article sur la diversité des métiers pour le journal du lycée. Sous prétexte de leur demander le métier exercé par Gaspard, on en apprendra plus sur sa vie.

— Et s'il n'était pas dans notre école ?

— On n'a pas besoin de citer le nom de l'école. Quand les gens entendront le mot *école*, ils feront directement le lien avec celle de leurs enfants. Ils n'iront pas chercher plus loin, affirmé-je.

— Bonne idée Prunette ! On s'y met ce soir.

On commence à 18 heures.

« Notre fils ne s'appelle pas Gaspard mais Raphaël, c'est de lui dont vous voulez parler ? »

« Nos enfants ont huit et dix ans. Rappelez-nous dans vingt ans. »

« Gaspard, celui qui est en prison ? Ben, ça serait pas un bon exemple à donner. »

« Il n'y a pas de Gaspard ici. Qu'est-ce que vous nous voulez ? »

« C'est un canular téléphonique ? »

Échec = 1

Intérêt = 0

15 avril

Lucas : Cc Prune ? Rv o labo dans 1h ?

Je relis 10 fois le message. C'est la première fois que Lucas m'invite.

Moi : OK

Je vérifie que je n'ai rien entre les dents. Je me brosse les dents (et la langue). Je réfléchis mille ans à une tenue qui a l'air cool mais pas trop étudiée. Spring ne fait pas de remarques. Il me suggère simplement de respirer lentement par le ventre. Il doit trouver que mon pouls bat trop vite. Mathilda n'est pas là. Tant mieux, je n'aurais pas à me justifier.

Je me dirige vers le labo qui est fermé à cette heure-ci. Il est déjà là, assis sur le muret à côté de l'entrée. Je suis nerveuse.

Notre rendez-vous est étrange. Il ne me parle presque pas (ça ne change pas trop de d'habitude). Il m'embrasse directement sur la bouche. Je me pose trois milliards de questions pendant ce baiser. Nos langues se rencontrent et tournent ensemble (NDM : Perso, je n'apprécie pas trop ces roulements de langue. J'étouffe un peu. J'ai peur qu'il rentre en contact avec ma glotte et que je lui vomisse dessus. Je préfère de loin les baisers sur la bouche ou dans le cou. Suis-je la seule ? En même temps, dans les tests de magazines de filles, il y a toujours cette question « Comment savoir si je sors avec lui ? », s'il y a eu un baiser avec la langue, c'est un vrai baiser... Oui parce que dans certains pays, ils s'embrassent sur la bouche pour se dire bonjour. Là je m'égare.). D'un coup, je sens sa main qui passe sur mon dos, il cherche mon soutien-gorge... Je l'ai clairement écrit sur ma liste des choses à faire en seconde mais pas en troisième ! Conclusion : ça craint. Je lui dis que je dois y aller. (NDM : Enfin ça, c'était l'idée. Sur le moment, je crois que je lui ai plutôt dit quelque chose comme « je... partir ».)

Une fois rentrée, je regarde sur Internet : l'âge des premiers rapports est à dix–sept ans et le toucher des seins, c'est pas tellement avant, c'est plutôt vers quinze / seize ans. Est-ce que j'aurais dû le laisser faire ? Est-ce qu'il va casser parce que je ne l'ai pas laissé faire ? Est-ce que je suis trop coincée comme fille ?

19 avril

Je m'assieds à côté d'Addison à la cantine.

Je ne sais pas pourquoi. En plus, elle est avec Bertille et d'autres filles.

Comme il n'y a pas de statut Facebook sur l'amitié, je ne suis pas encore totalement fixée...

J'ai envie de parler avec elle de Lucas, elle me conseillerait, non ? Elle doit connaître toutes les subtilités des relations ados, elle doit savoir ce qui se fait ou pas et puis peut-être qu'il lui a parlé de moi, non ?

Mais, je me rends très vite compte que je n'ai rien à faire à cette place. Je suis pathétique. Je m'attache à une amitié qui n'existe plus, à une fille pour qui je ne représente rien. Je ne comprends pas pour quelle raison je suis traitée ainsi. Je ne mérite pas de ne plus exister du jour au lendemain. Je me suis tellement investie avec elle. J'ai laissé tomber ma garde et lui ai donné mon amitié sans me méfier.

Je devrais aller voir ailleurs, je le sais au fond.

C'est ce que ferait une fille *cool* mais je ne suis pas une fille *cool*. Et une fille *cool* a d'autres amies dans la bande des filles *cool* mais moi je n'en ai pas. Enfin je n'en ai plus.

Des filles *cool* de l'internat se joignent à nous.

Personne n'arrête la conversation parce que je suis là. Elles rigolent très fort, trop fort, des détails de leur dernière soirée, elles se moquent de Caroline qui a un gros cul et qui se fait un plateau de légumes verts alors qu'elles savent toutes qu'elle ira ensuite se goinfrer seule enfermée dans sa chambre.

A priori, bienveillance n'est pas le cri de ralliement de la bande.

Je n'en fais plus partie mais est-ce que c'est grave ?

Et puis, sont-elles aussi *cool* à l'intérieur que ce qu'elles affichent ?

Je passe mon après-midi à me demander pourquoi je suis allée m'asseoir là-bas, pourquoi j'attends encore après Addison, pourquoi elle exerce une telle emprise sur moi et surtout pourquoi je n'arrive pas à renoncer à elle et rompre le lien d'un coup sec sans me retourner.

Le soir, après avoir franchi la porte de la chambre, j'enfile ma combi pyjama bleue, celle dans laquelle je me sens comme dans un cocon et je m'affale sur mon lit.

Je me suis assoupie car lorsque j'ai ouvert les yeux, il faisait nuit et Mathilda dormait.

En me levant pour vérifier si elle dormait vraiment, j'ai senti quelque chose tomber par terre. J'ai allumé. C'était une feuille A4 blanche sur laquelle Mathilda avait écrit :

« Il y a un moment où tu dois arrêter de traverser des océans pour des personnes qui ne sauteraient même pas par-dessus une flaque pour toi. ».

Elle a dû me voir à la cantine.

24 avril

Je mate le compte Facebook de Lucas. Il est célibataire. Ce qui signifie que je suis aussi célibataire, non ?

(NDM : Quand on ne sait pas à quoi s'en tenir sur la relation qu'on a avec quelqu'un, on est fixé via son statut Facebook qui montre l'ambition que l'autre donne à notre histoire. C'est peut-être ça finalement l'objectif du statut sur Facebook ?)

J'ai du mal à comprendre qu'on puisse avoir envie d'aller plus loin alors qu'on ne s'affiche même pas encore ensemble.

— Tu as l'air triste Prune, déclare Spring.

— Lucas est célibataire sur Facebook, expliqué-je.

— Et cela te surprend ?

— Oui, enfin non..., bredouillé-je.

— Il l'a écrit, c'est cela ? demande Spring.

— Il n'a pas besoin. C'est le statut qu'il a choisi.

— Tu aimerais qu'il indique autre chose sur son statut ?

— ...

— Tu es triste parce que tu ne sais pas si vous sortez ensemble ou tu es triste parce qu'il ne l'affiche pas ?

— …

— Est-ce que tu sais pourquoi tu as envie d'être avec Lucas ?

— Nan.

— Fais une liste Prune.

Liste de pourquoi j'ai envie d'être avec Lucas :

1) Parce qu'il est cool.

2) Parce qu'il est beau.

3) Parce qu'il joue de la musique.

— Et maintenant je fais quoi ?

— Maintenant tu sais.

26 avril

Ce matin le réveil est difficile, le mois d'avril arrive à sa fin. Cela signifie que le mois de mai approche. Le 1er mai, le 2 mai, le 3 mai puis inévitablement le 7 mai…

Et cela fera quatre mois.

Les jours se succèdent.

C'est dur.

C'est long.

Ça ne passe pas.

Le temps ne change rien.

Je n'ai pas de réponses à mes questions.

Sarah-Line prend racine dans la maison.

Pap's n'est plus Pap's.

Je cours toujours mais je ne croise plus Antoine.

28 avril

— Comment est-ce que je pourrais faire pour que Sarah-Line vienne moins à la maison ?

— Pourquoi tu la détestes autant Sarah-Line ? Elle a l'air un peu perchée mais sympa, m'interroge Mathilda.

— Je ne la déteste pas. J'ai juste du mal avec sa façon d'être. Elle est présente et réconfortante mais elle est aussi hyper invasive. Elle arrive avec ses fioles et ses activités et elle est persuadée qu'on va tous aller vite mieux grâce à ça.

— En même temps, c'est sa vocation.

— Pourquoi tu dis ça ?

— Elle est psy, non ?

— Oui et donc ?

— Les gens qui ne vont pas bien, c'est quand même son métier ! Si tout le monde allait bien, elle n'aurait plus de travail ni de sens à sa vie. Et chez vous, en ce moment, elle est enfin utile, elle a tous ses repères. T'imagines une mère qui laisse trois enfants et un mari, le cas de ouf pour une psy !

— Oui j'imagine plutôt bien en fait...

— Pardon Prune. Parfois, je parle trop vite.

PS : En vrai, même si sa spontanéité ne rime pas toujours avec délicatesse, je suis fan des théories de Mathilda et de ses compétences en imagination. Mon truc à moi, c'est d'écrire des listes. Son truc à elle, c'est d'énoncer des théories. À nous deux, on pourrait presque écrire un livre.

3 mai

Audrey, ma prof principale, me convoque une nouvelle fois. Elle m'explique que je dois accepter de vivre avec la part de mon cerveau qui génère des pensées qui me pèsent.

« Si je te parle schématiquement Prune, c'est comme si tu avais un assistant de vie dans ton cerveau, ou un Jiminy Cricket si tu préfères, qui produit des pensées comme une poule pond des œufs. Parfois, il en pond des positives et parfois des négatives. Il faut que ton Jiminy devienne un ami sur qui tu peux compter. Le mien, je l'ai appelé Michel. Il visualise des scènes qui ne se dérouleront jamais, mais comme je me prépare pour les affronter, il me permet d'avancer plus loin. Sans lui, je ne pourrais pas être celle que je suis aujourd'hui ».

Je suis bien avancée avec ces explications. C'est un peu comme si on m'annonçait qu'un alien avait envahi mon cerveau. Je remue ma tête de droite à gauche et de bas en haut. Je me demande si Jiminy réussit à rester debout dans cette tempête.

Je refais la liste de mon entourage :

– Spring, un robot social galet

– Jiminy Cricket, un alien du cerveau ?

– Mathilda et Antoine, des humains (ouf)

Waouh...

4 mai

— Prune ? s'écrie Mathilda à 6 heures du matin.

— Qu'est-ce qu'il y a Mat ? Ça ne va pas ?

— Ben si.

— Pourquoi tu me réveilles alors ?

— Parce que je ne dors plus.

— Il est 6 du matin Mathilda !

— Il y a bien un endroit dans le monde où il est 10 heures du matin, réplique-t-elle.

— ...

— On joue au jeu de « qu'est-ce qui est pire » ?

— C'est quoi ce jeu ?

— On doit dire un truc qui nous est vraiment arrivé et un truc qu'on invente et on ne doit pas dire à l'autre lequel des deux nous est arrivé en vrai.

— Je ne comprends rien.

— Je commence. Tu vas vite comprendre ! Qu'est-ce qui est pire ?

Sentir la morve qui s'échappe doucement mais sûrement du nez alors qu'on est en pleine conversation avec le mec qu'on vise depuis mille ans...

OU

Traverser TOUTE la cour avec le collant pris dans la culotte, pas celle qui fait femme, non celle qui est en coton, imprimée avec des chatons ou des cœurs ou pire trouée !

– OK ! J'ai pigé. À moi. Qu'est-ce qui est pire ?

Que ta petite soeur à qui tu as demandé de poster une lettre ANONYME au mec que tu convoites depuis mille ans revienne et te dise que comme elle l'a croisé dans la rue, elle lui a donné en main propre et lui a précisé qu'elle venait de toi...

OU

Avoir piscine à l'école le lendemain du jour où ta copine t'a lancé le défi d'écrire BITE sur ton bras avec un autobronzant, un produit qui selon toi, ne fonctionnait pas.

– NON, t'as pas fait ça ! s'esclaffe Mathilda morte de rire.

– À toi !

– Qu'est-ce qui est pire ?

Péter en plein milieu d'un jogging avec le garçon que tu convoites depuis mille ans...

OU

Arriver à l'école avec des chaussons, pas ceux qui pourraient passer pour des ballerines, non, les vraies charentaises fourrées.

– LOL ! À moi ! Qu'est-ce qui est pire ?

Que la mère d'une élève de ta classe dise à ta mère à la sortie d'école qu'au lieu de lui donner ton vrai prénom, tu cries à qui veut bien l'entendre que tu portes le nom d'un fruit

OU

Prendre un ascenseur avec tes écouteurs qui ne fonctionnent pas et que la femme, à côté de toi, chuchote à sa voisine en te montrant du doigt « C'est elle qui sent comme ça ? ».

– C'est bon ça ! Qu'est-ce qui est pire ?

Que ta culotte sale que tu n'avais pas enlevée de ton

pantalon quand tu t'es déshabillée la veille au soir descende lentement le long de ta jambe et tombe devant ta classe. Et toi, tu fais genre, elle n'est pas à moi alors qu'elle reste collée à ta cheville.

OU

Poster la seule paire de clés qu'ont tes parents de leur maison au Père Noël parce que tu n'as pas de cheminée.

C'est con mais ça fait du bien.

5 mai

Aujourd'hui, c'est la fête des Mères.

Je ne pensais pas qu'un jour cette fête serait aussi angoissante.

Alpha et Bêta reviennent de l'école avec leurs cadeaux, deux dessous-de-plat en pinces à linge vernis. Pap's devient tout blanc.

Que pense-t-elle de cette scène de là où elle est ?

Je pars courir.

Je rassemble toute la colère que j'ai accumulée et j'essaie de l'évacuer par mes poumons en soufflant très fort. C'est une idée de Mathilda... J'avoue, cette méthode ne fonctionne pas parfaitement. Pour y arriver, je respire super fort. Du coup, non seulement je suis en hyper ventilation, j'ai des vertiges mais en plus je souffle comme une vache.

— Tu vas bien Prune ?

Oh non, ce n'est pas vrai. Pile au moment où je croise Antoine.

— Oui, j'ai un peu la tête qui tourne mais ça va.

— Tu devrais ralentir. J'ai l'impression que tu es en train de faire une crise d'asthme.

Je glousse bêtement.

(NDM : Je ne peux pas lui expliquer que je suis en train d'essayer d'évacuer ma colère. Il va me prendre pour une folle, définitivement.)

— Comment vas-tu aujourd'hui ? demande Antoine avec douceur.

Il ne me demande pas « Comment vas-tu ? » mais « Comment vas-tu aujourd'hui ? », ce qui fait toute la différence pour moi. Parce que si on me demande « Comment vas-tu ? », la seule réponse possible est : « À ton avis ? Comment veux-tu que j'aille ? MAM'S EST MORTE ! ». Alors que « Comment vas-tu aujourd'hui ? » montre qu'il sait que rien n'est plus pareil, que j'avance un jour après l'autre et qu'un jour, ça ira mieux. Alors, je me demande (pas longtemps) s'il veut vraiment tout savoir et je me lance :

— Depuis que Mam's n'est plus là, j'ai l'impression d'être au bout de ma vie. En plus, c'est la fête des Mères aujourd'hui, donc chez nous c'est plutôt la fête des fantômes. Tu te souviens de Sarah-Line, la sœur de Pap's, la psy ? Elle est tout le temps dans notre maison, avec ses huiles, ses pierres, ses plats végétariens et ses activités en famille soi-disant réparatrices. Elle s'est donné pour mission de sauver notre famille du chagrin. Et du coup, elle prend beaucoup de place dans la maison. Et Pap's ne fait plus rien. Mais moi, j'ai besoin de lui, tu vois. J'ai besoin qu'il soit fort, qu'il nous montre qu'il est encore là et qu'il nous protège. Et moi, je suis rousse, j'avais une chance sur 10 000 de l'être et c'est tombé sur moi et en plus je m'appelle Prune. Putain mais Prune sérieusement ! Qu'est-ce qui leur a pris ? Et puis, il y a Addison, c'est la première fille que j'ai rencontrée à l'internat. On a vécu plein de choses ensemble. Je pensais qu'on était amies, tu vois, des vraies amies, genre pour la vie, ben, en fait, non, on n'est pas amies pour la vie. On n'est même plus amies du tout. Et puis je croyais aussi que j'avais un copain, Lucas, un mec sympa qui joue de la musique. On s'est embrassés quand on était tout seul, mais devant les autres il fait comme s'il ne me connaissait pas. En plus, il est célibataire sur Facebook alors je ne sais même pas si on a été ensemble un jour dans sa tête ou pas. Ils ne sont même pas venus à l'enterrement de Mam's à cause d'un concert où ils avaient prévu d'aller depuis longtemps. Un concert putain ! En plus, j'ai des notes pourries parce que je ne travaille plus. Enfin si, maintenant je travaille un peu plus parce que Spring me fait réviser. Spring, c'est un robot, qui est presque un ami enfin pas vraiment parce qu'en vrai c'est juste un galet qui parle sur lequel Mam's a travaillé pendant dix ans... *Un robot conçu pour les adolescents difficiles.* Regarde, c'est lui là. Oui, c'est un galet. Tu me trouves si difficile que ça toi ? Moi, je me trouvais un peu pénible c'est vrai mais pas difficile, c'est juste que tout le monde dans la maison n'en avait que pour Alpha et Bêta. Il y a Mathilda aussi, c'est ma coloc. En fait, Mathilda, au début, je ne l'aimais pas parce qu'elle ne parlait pas trop. Tu sais, c'est le genre de filles qui vit sa vie, genre *j'ai besoin de personne* mais en fait c'est elle mon amie maintenant. Je crois même que c'est mon âme sœur. Et j'ai décidé d'enquêter avec elle sur l'accident de Mam's. Mais on n'avance pas. On sait juste qu'elle a eu un accident de voiture avec un certain Gaspard Leprat qui lui est maintenant dans le coma mais on n'en sait pas plus. J'aimerais savoir si c'était vraiment un accident ou pas ou si Mam's le voulait, tu vois ? À la maison, c'est un sujet tabou qu'on n'a pas le droit d'aborder. Tant que je ne comprendrais pas, je ne pourrai pas avancer. Et puis, je ne sais pas si Mam's est là ou pas, si elle m'entend, si elle nous observe et si elle aime que je me pose toutes ces questions. En même temps, je sens qu'elle sait que je dois savoir. Je lui écris quelquefois mais il n'y a même pas d'endroit pour mettre les lettres sur sa tombe. J'ai l'impression de devenir tarée.

Mes joues sont en feu, j'ai oublié de reprendre ma respiration. Mais, ça y est, tout est sorti. J'ai tout dit. Je suis vidée, j'ai envie d'aller me coucher.

— Je vois, dit Antoine.

Suivi de « on rentre à la maison tranquille ? ».

Quand on arrive devant chez moi, il met sa main sur mon épaule, puis sur ma joue. Sa main est aussi grande que mon visage, elle est douce et forte. J'ai envie que le temps s'arrête. Je ferme les yeux. Je me redresse pour le regarder et il me dit :

— Tu y arriveras.

C'est tout ce qu'il dit. Je viens de tout déballer, de m'ouvrir à lui comme je ne l'ai jamais fait avec personne auparavant et il ne réagit pas. Juste *tu y arriveras.* Il n'a peut-être pas perçu l'état dans lequel j'étais. Comment vais-je y arriver ?

(NDM : *Tu y arriveras,* c'est ce qu'on dit à un enfant qui apprend pour la première fois à faire du vélo sans petites roues, non ?)

Quand je le raconte à Mathilda via whatsApp, elle me répond que cela signifie qu'il se préoccupe de moi... Plus exactement, elle écrit :

« Tu lui as balancé en 5 minutes ce que toi tu vis depuis 4 mois.

Il sait qu'il ne peut rien changer à tout cela, il n'a pas de solutions. Qu'aurais-tu voulu qu'il te réponde ? Il ne t'a rien dit parce que parfois, il vaut mieux ne rien dire...

Tout ce qu'il aurait pu dire serait tombé à plat. Il ne peut pas arrêter ta colère. Il sait que perdre sa mère est inconsolable. Personne ne peut rien y faire. Tout ce qu'il peut faire, c'est t'écouter et te soutenir. C'est ce qu'il a fait en te disant *tu y arriveras.* »

Mathilda, #AmeSoeur #PsyAvérée

Avant de partir pour l'internat, j'écris une lettre à Mam's dans laquelle je lui explique qu'on ne l'oublie pas et qu'on pense à elle tout le temps. J'espère qu'elle n'a plus froid, ni peur dans sa tombe. C'est moi qui ai peur et froid maintenant. Mais ça, je ne lui dis pas.

Je pars en direction du cimetière avec ma lettre et les poèmes de fête des mères d'Alpha et Bêta. Je pose mon enveloppe sur sa tombe sous un caillou et j'ajoute des fleurs que j'ai piquées sur le chemin. Puis, je lui lis les poèmes d'Alpha et Bêta tout haut dans le silence du cimetière. Et je rentre.

10

7 juin

5 mois, 150 jours, 3 600 heures, 216 000 minutes

J'ai passé les épreuves du brevet blanc fin mai. Mes notes sont correctes.

Spring fait partie de ma vie, enfin de nos vies à Mathilda et à moi.

Il nous réveille au son de « Shake it off » de Taylor Swift. (NDM : Sur une vidéo YouTube, un policier la chante à tue-tête dans sa voiture. Il est carrément habité par cette chanson ! Depuis, dès qu'on l'écoute, on a une pensée pour lui.) Et tous les soirs, il diffuse une play-list « Sleeping Paradise ». Parfois, vers 21 h 40, après la tournée de Maya, on mate des films sur les murs de notre chambre ou sur le plafond quand on est couchées ! (NDM : Mam's disait toujours que les règles devaient être transgressées parfois. Du coup, Spring nous suit dans le détournement des règles...parfois !)

Il a également compilé les épreuves du brevet des dix dernières années et nous propose des sujets type. Quand nos réponses sont bonnes, il déclenche les applaudissements et ovations d'une salle de spectacle. Et, quand il sent qu'on décroche, il nous propose une pause dehors, une partie de « Just Dance », de karaoké ou une séance de méditation et on reprend. Il ne quitte plus ma poche, il est toujours là avec moi.

J'arrête de courir le week-end. Officiellement, à cause d'une douleur dans le genou gauche, mais en vrai, c'est parce que je ne saurais pas quoi dire à Antoine, si jamais je le croisais, après ma tirade de la dernière fois.

11 juin

— Mat, je n'arrive pas à dormir.
— Ça arrive.
— Mais là, je n'y arrive vraiment pas.
— …
— Je me demande comment j'ai pu passer une nuit sans sentir que Mam's n'était plus là. Elle est partie le 7 janvier et je ne l'ai su que le lendemain. C'est fou de penser que j'ai vécu quelques heures après son départ comme si de rien n'était. Les gens n'arrêtent pas de dire qu'ils le sentiraient s'il arrivait quelque chose aux gens qu'ils aiment mais moi, je n'ai rien senti. Je ne m'en suis même pas douté, pas une seconde.
— Les gens disent souvent des conneries.
— Tu crois que la télépathie avec les morts existe ?
— Non.
— Tu crois que je vais oublier son visage ?
— Non.
— Tu crois qu'on a tous une mission sur terre ?
— Non.

— Je ne peux pas dormir. Je me pose trop de questions.
— Respire.
— C'est ce que je fais. Ça ne change rien.
— Ça va venir.

— Ça vient toujours pas.
— Tu en parleras à Spring demain.
— Tu crois qu'il aura des réponses ?
— Non mais il sera meilleur que moi pour t'écouter. Moi, je veux dormir.

12 juin

Ce soir, Lucas donne un concert dans un bar à côté de l'internat.

Maya a bataillé avec la direction pour que les internes aient le droit d'y assister. Elle a envoyé un mail aux parents pour leur demander leur accord. Pap's a donné son autorisation au vu des résultats du brevet blanc.

Je ne sais pas si j'ai vraiment envie d'aller voir Lucas en concert se faire draguer par toutes les filles *cool* du lycée. Je suis mal à l'aise quand je le croise. Je fuis tous les endroits où je sais qu'il traîne avec ses amis. Je dois avoir un bout de mon cerveau qui ne s'est pas résigné car je sais toujours où il se trouve et avec qui. Par exemple, dès que je mets les pieds dans la cantine, une grande salle blanche très haute de plafond avec des tables en bois et des chaises de couleur, mon radar-détecteur Lucas se met en route tout seul et quand il n'est pas loin, je fais attention à tout ce que je fais et à la façon dont je me tiens.

On se prépare pour le concert. Je mets du temps à choisir ma tenue. J'ai toujours peur de faire un mauvais choix qui, combiné à ma couleur de cheveux, ferait de moi une cible idéale.

Mathilda a, comme à son habitude, choisi un t-shirt à message. Devant, c'est écrit « I love geek people » et dans le dos « C'est vrai, c'est quand même pratique les montres étanches jusqu'à 200 mètres de profondeur au cas où une dorade te demande l'heure. »

Mathilda demande à Spring de nous prendre en photo avant notre sortie.

— Vous sortez où ? demande Spring.

— Dans un baaaaar ! répond Mathilda, visiblement excitée à l'idée de cette soirée.

— Est-ce que vous connaissez la technique du

détournement ? ajoute Spring.

— Non, c'est quoi ? demandé-je, étonnée.

— Vous êtes des adolescentes maintenant, commence-t-il, sourire sérieux, un coin de la bouche relevé.

— Oui et donc ? (NDM : J'ai l'impression que Mam's a programmé un nouveau message.)

— Dans les soirées dans lesquelles vous allez, il y a de l'alcool et des cigarettes, voire pire.

— Oui.

— Et il est bien connu que les gens *cool* boivent et fument et ceux qui ne sont pas *cool* refusent de toucher à ça.

— Ouais.

— Vous avez plutôt envie de faire partie des gens *cool*, non ?

— Ouais.

— Acceptez de prendre de l'alcool, rigolez et buvez quelques gorgées. Dès que votre verre commence à se vider, remplissez-le avec de l'eau de façon à ce que tout le monde croie que vous buvez. Vous maîtriserez votre consommation et vous ne ferez rien que vous pourriez regretter. Ne quittez jamais votre verre des yeux pour que personne ne puisse mettre autre chose dedans. Pareil pour la cigarette, prenez-la mais n'aspirez pas la fumée. Et, aux yeux de tout le monde, vous serez des filles *ultra-cool.*

— OK.

Si j'avais eu plus de temps avec Mam's, elle m'en aurait parlé. J'aurais fait signe de ne pas l'écouter, j'aurais même probablement levé les yeux au ciel mais le message serait passé.

Maya nous accompagne au concert. Elle est heureuse. Elle adore quand elle nous a tous rien que pour elle.

Le bar est en sous-sol sous une voûte de vieilles pierres. Je m'y sens tout de suite bien.

Je discute avec Mathilda, Maya et les esseulées. Mathilda dit que ce ne sont pas des esseulées mais des filles qui ne font pas tout un flan de ne pas appartenir à une bande. Un groupe sur scène reprend des chansons de Muse, des One direction et de 30 Seconds to Mars. En tout cas, pas besoin d'appliquer la stratégie de détournement de Spring ce soir, Maya est là qui veille !

— Il craint cet endroit, me chuchote Mathilda remontée.

— Pourquoi tu dis ça ?

— Ils ont du papier toilette feuille à feuille marron ! La totale quoi ! Prune ! Sérieusement ?

— Ouais, t'as raison, c'est TRÈÈS grave ! On ne devrait pas rester là, non ? dis-je d'un ton très sérieux.

On explose de rire.

C'est au tour de Lucas de jouer. Je ne connais aucun des membres de son groupe (puisqu'il ne m'a jamais présentée à ses amis).

J'ai quand même un petit peu mal au ventre, non, en fait, j'ai quand même beaucoup mal au ventre. J'ai l'impression qu'il me regarde. Il ne regarde pas que moi bien sûr. Il me fixe intensément, je ne dévie pas mon regard, je lui réponds. Je ressens tellement de choses en même temps. J'ai envie de lui demander si je compte pour lui… J'ai envie qu'il me prenne dans ses bras. J'ai oublié où j'étais et avec qui j'étais. C'est comme si le son et la lumière étaient éteints. Je ne vois que lui sur la scène. Je ne sais même pas quelles chansons il reprend.

— C'est l'heure d'y aller Prune ! Tu viens ? m'interpelle Mathilda.

Je la regarde sans comprendre. Je n'avais même pas remarqué que Lucas n'était plus sur scène.

Je sens une main sur mon épaule.

C'est Lucas.

— Tu es en beauté ce soir. On se voit bientôt ?

Il m'embrasse, un baiser rapide sur le front et il part.

Personne n'a rien vu. Nous étions tous les deux les derniers.

Dans mon lit, je me repasse la scène en boucle et j'analyse ces deux phrases mot à mot.

« Tu es en beauté ce soir. » Spring trouve deux définitions pour le terme *en beauté* : *plus belle qu'à l'ordinaire* ou *belle dans les grandes largeurs.*

« On se voit bientôt ? » Je n'ai jamais compris dans quel contexte on utilisait cette invitation qui n'en est pas une. On l'utilise quand on n'a pas franchement envie de revoir la personne, non ? Sinon, on dirait « Quand est-ce qu'on se revoit ? On pose une date ? ».

Et pourquoi m'a-t-il embrassée sur le front si nous ne sommes pas ensemble ?

(NDM : Pourquoi a-t-il mis ses lèvres en contact avec mon front ? serait plus approprié.)

Je ne peux pas en parler à Mathilda.

En m'endormant, je revois Antoine de dos lancer du pain aux mouettes.

14 juin

Deux jours après la soirée, je vois bien que Lucas me regarde de temps en temps (enfin je crois) mais rien n'a vraiment changé dans son comportement. Je scrute son compte Facebook en espérant tomber sur un texte bouleversant dans lequel il me dédicacerait publiquement une des chansons de son répertoire après s'être rendu compte qu'il ne peut plus vivre sans moi. Je m'imagine faire la liste des différentes possibilités de réponse que je lui offrirais alors : en commentaire public ? En MP ? En émoji ? En GIF ? De vive voix ?

Je rêve et je n'écoute pas Jiminy, en mode rabat-joie, qui me rappelle que j'ai arrêté de croire au Père Noël en CM1 seulement car je n'avais pas envie que la magie s'arrête.

Les *esseulées* avec qui j'ai fait connaissance à la soirée me sourient quand nous nous croisons, j'ai déjeuné avec elles et j'avoue avoir passé un chouette moment. On a pris des photos de nos plats et réalisé des gifs. L'objectif était de réaliser une story en gif sur notre vie à la cantine (il est vrai que ce moment aurait été beaucoup plus réussi si je n'avais pas une vue directe sur la table d'Addison avec les filles *cool*.)

Dans la cour, je croise Bertille qui me demande si je suis invitée à l'anniversaire de Caroline, je réponds par la négative. Elle me regarde et me dit « C'est bizarre, je croyais que vous étiez toutes amies entre filles paumées ».

J'ai envie de lui répondre quelque chose mais je n'ai pas de répartie. Enfin, si plus tard à deux heures du matin dans mon lit « C'est pour ça que toi tu es invitée alors ! ».

(NDM : Ou peut-être que j'aurais dû lui dire que Bertille, ça rime avec Myrtille. Mais en même temps je m'appelle Prune.)

15 juin

Je raconte l'épisode *Bertille* à Mathilda et je lui fais part de mon incompétence en répartie rapide.

— Moi, j'ai un stock de phrases pour ces filles-là.

— Tu lui aurais dit quoi ?

— Je l'aurais regardée de haut en bas, l'air indifférent, voire un peu dégoûté et je lui aurais dit « Il est moche ton haut mais toi tu le portes vraiment bien » et je serais partie.

Ce serait bien que mon Jiminy Cricket parte en formation quelques semaines dans le cerveau de Mathilda.

L'heure de dire au revoir à Spring se rapproche. Demain, Pap's le ramènera au bureau de Mam's. C'est dur. Je perds un allié, un confident, un ami, un psy, un prof, une encyclopédie, un coach, un doudou, une connexion illimitée à un réseau d'informations...

Il m'a clairement appris que la vie pouvait être abordée différemment, de façon plus rationnelle et plus objective.

— On devrait faire un truc interdit avec Spring ! lance soudain Mathilda.

— Pourquoi ?

— Parce que les moments interdits créent des liens à vie entre les personnes. On ne les oublie jamais ! explique Mathilda toute excitée. Et peut-être qu'il lâchera prise et qu'il nous montrera sa face cachée !

— Il ne peut pas lâcher prise. C'est un robot !

— On verra !

— C'est quoi ton plan ?

— Faire le mur et s'allonger sur la pelouse pour regarder le ciel.

J'explose de rire.

— Pourquoi tu rigoles ? dit Mathilda un petit peu vexée quand même.

— Parce que cette scène-là est hyper clichée ! C'est celle qu'on retrouve dans tous les films américains. Mais en vrai, la pelouse est froide, elle pique, il y a souvent des bêtes dedans et en plus il n'y a pas beaucoup d'étoiles dans le ciel !

— Toi aussi, tu devrais apprendre à lâcher prise ! soupire Mathilda.

La préparation de cette petite aventure prend toute la journée à Mathilda. Elle doit repérer le parcours pour qu'on puisse sortir dans la nuit sans faire de bruit ni se faire prendre. À 22h30, nous sommes toutes les deux couchées (et Spring est posé sur mon ventre) dans l'unique rectangle de pelouse de l'internat après être passées, vêtues de noir pour ne pas luire dans la nuit, par les couloirs de l'internat.

— Qu'est-ce qu'on fait là ? demande Spring.

— On regarde les étoiles, explique Mathilda.

— Lesquelles ? Altair ? Capella ? Procyon ? Castor ? Sirius ? Vega ? demande Spring.

— Celles que tu veux ! Lâche prise Spring ! Profite de ce moment ! s'énerve Mathilda.

— Je ne suis pas sûr de comprendre, répond-il.

— C'est parce qu'il n'y a rien à comprendre Spring. On passe juste un moment tous les trois ensemble. OK ?

— OK, répond Spring.

Puis, quelques minutes après, il dit :

— Voulez-vous écouter de la musique ?

— Ouais, ça serait trop cool ça Spring ! s'écrie Mathilda.

La chanson *Bang Bang* sort de Spring.

Je ferme les yeux et j'oublie tout.

Mathilda me dit :

— Tu vois qu'il sait lâcher prise !

Et plus tard :

— On pourrait ramener un peu de pelouse à Sarah-Line ?

— De la pelouse à Sarah-Line ?

— Ben oui pour agrémenter sa salade !

Et elle explose de rire.

Je souris. Je n'aurais pu rêver mieux comme coloc... et comme amie.

Je regarde de nouveau le ciel et là, je le vois ce nuage qui est différent des autres, qui ne rentre pas dans le groupe.

ELLE est là, forcément avec moi, avec nous.

Je prends la main de Mathilda et je la serre fort.

Elle a raison.

Je me souviendrai longtemps de ce moment.

16 juin

Quand Pap's vient me chercher à l'internat le vendredi soir, il m'interroge :

— Alors, as-tu fait connaissance avec le robot ?

— Oui.

— Et il t'a plu ? Enfin, je veux dire, c'est bien ? C'est une bonne idée ?

Il marche sur des œufs maintenant quand il me pose des questions. (NDM : Dire que j'utilise l'expression *marcher sur des œufs* à 14 ans.)

— Oui.

Lorsqu'on arrive dans la maison, je sors Spring de ma poche et le pose sur la table.

Je l'interpelle, il me questionne aussitôt.

— Bonjour Prune, tu as l'air bien. Que veux-tu faire aujourd'hui ? Jouer ? Danser ? Continuer tes révisions ?

Les yeux des jumelles sont écarquillés, elles n'en reviennent pas.

Mon père nous observe.

— Un jeu. Peux-tu mimer des animaux et les faire deviner à Lara et Emma, mes petites sœurs ?

Il imite un chat.

Les filles sont à la fois ébahies et intimidées.

— C'est un « ssat », déclare Lara.

— C'est pas un « ssat », c'est un chat, dit Emma en rigolant.

— Bravo, répond Spring, vous êtes des championnes.

Après le jeu des animaux, Lara et Emma suivent les chorégraphies de Spring sur le mur, puis elles chantent…

Pendant ce temps, Pap's et moi discutons dans la cuisine.

— Le robot a tellement évolué depuis la dernière fois. C'est fou, on pourrait presque croire qu'il existe par lui-même. Il a l'air tellement attachant.

— Il l'est.

— Je suis content de voir qu’il te plait. Ta mère avait tellement d’espoir. Le soir, elle ne parlait que de lui. Je suis tellement heureux que ce projet voit enfin le jour même si… As-tu réfléchi à l’année prochaine ? me demande-t-il soudainement.

— C’est-à-dire ?

— Est-ce que tu veux continuer l’internat ? Te plais-tu toujours autant là-bas ? Tu as le droit de changer d’avis, tu sais que tu es la bienvenue à la maison. Tu nous manques. On pourrait regarder ensemble si des lycées te plaisent à côté de la maison. J’ai pris rendez-vous avec deux directeurs et je me suis permis de leur envoyer ton dossier. Ils envisagent ta candidature avec attention. Qu’en penses-tu toi ?

Non, je n’ai pas réfléchi à l’année prochaine, pas encore, je vis au jour le jour.

Je me sens de plus en plus intégrée à cette nouvelle famille et je crois que j’aimerais bien revenir à la maison, retrouver ma chambre le soir, mon quartier et mes amis d’avant. L’année qui s’est écoulée aura été irréelle, il s’est passé tellement de choses. Peut-être que ce serait bien que je referme la parenthèse.

— Je crois que j’ai envie de revenir habiter ici.

Je me suis à peine rendue compte que je prononçais cette phrase à voix haute. Ma parole a pris le pas sur ma pensée avant que l’hésitation ne se pointe. Et je suis… soulagée.

— Ta mère serait contente, dit-il troublé.

Je n’aime pas quand il utilise l’imparfait pour parler de Mam’s.

— Et cet été, que voudrais-tu faire ? demande-t-il.

— J’sais pas.

— Est-ce que tu voudrais partir en colo avec Mathilda au mois de juillet ? Lara et Emma iront au centre aéré. Et nous partirons tous les quatre en août, propose-t-il.

Même si je sais qu'une personne a dû lui souffler cette idée, même si mon cœur se fend en deux en l'entendant évoquer les prochaines vacances qui ne se feraient qu'à quatre en août, l'idée de partir loin d'ici avec Mathilda me séduit.

— Je lui en parlerai.

17 juin

Je pars courir.

J'évite le tour que nous avions l'habitude de faire avec Antoine et pourtant je tombe sur lui au détour d'une rue.

— Tu cours Prune ?

— Manifestement.

(NDM : Pourquoi suis-je aussi agressive ?)

— Est-ce que ton enquête avance ?

— Non.

Et puis, c'est tout. Après, nous ne parlons plus jusqu'à la fin de notre jogging. Il est vrai que je suis essoufflée. Cela fait presque quarante-cinq minutes que nous courons mais je ne suis pas sûre que ce soit l'unique raison. Il paraît préoccupé.

C'est la première fois que je le vois ainsi. D'ailleurs, cela ne lui va pas du tout.

Lorsque nous passons devant le sentier du jardin du potager qui est à côté de la maison, il me prend la main. J'enlace la sienne naturellement. Nous bifurquons dans un sentier qui mène directement à l'arrière de son jardin. Là où se trouve LA caravane.

Cela fait tellement longtemps que je ne suis pas venue ici.

L'histoire dit que ses parents avaient eu soudainement soif de grandes aventures à bord d'une caravane. Ils voulaient parcourir les routes et se garer au gré de leurs envies. Je suppose que ces idées de liberté s'imposent à tous un jour.

Antoine m'a expliqué qu'ils ont vite compris qu'ils devaient aussi faire la vidange des sanitaires, qu'ils ne pouvaient pas s'arrêter là où ils le souhaitaient et qu'un accès eau et électricité était obligatoire. La plupart du temps, les parkings réservés pour les caravanes étaient des parkings en béton bien loin des paysages grandioses fantasmés et beaucoup plus proches de la civilisation humaine que prévu puisque le principe était plutôt de vivre en communauté.

C'est pourquoi elle a démarré une nouvelle vie ici, au fond du jardin, posée sur des parpaings. Elle a toujours été le refuge d'Antoine quand il était petit car ses sœurs, plus petites, avaient peur d'y aller toutes seules.

— Après toi, me dit-il en poussant la porte.

— Waouh !

C'est le seul mot qui me vient pour décrire l'effet que je ressens.

L'intérieur est aménagé en deux parties : sur la gauche, des matelas avec des coussins et des plaids attendent qu'on s'y pelotonne. Sur la droite, il y a des placards et un évier qui ne doit plus servir et une table entourée de quatre chaises. L'intérieur de la caravane est à la fois exigu et chaleureux. Des Polaroid d'intérieurs de cabanes et de caravanes sont accrochés partout (avec un smiley qui sourit - ou pas - sur la partie blanche des polas) et sur un des murs, on retrouve des Polaroid de... toilettes.

(NDM : Qu'est-ce qu'ils ont tous avec les toilettes ?)

Après avoir enlevé mes chaussures, je me positionne sur les matelas.

— Ça veut dire quoi tes smileys sur tes photos ? S'il sourit, c'est que tu l'aimes bien ?

— Oui, cela signifie que cette cabane a quelque chose en plus. Et le smiley qui ne sourit pas veut dire qu'elle ne fonctionne pas, qu'il y a un truc qui cloche.

— Pourquoi tu fais ça ?

— Pour plus tard.

— Pour quand ?

— J'aimerais bien être architecte de petits espaces plus tard comme des containers, des caravanes, des cabanes ou des yourtes.

— Tu sais déjà ce que tu veux faire plus tard ?

— Oui, je pense.

— Tu ne veux pas devenir vétérinaire ?

— Pourquoi ?

— Parce que tu adores les animaux !

— Cela n'a rien à voir. Ce n'est pas parce que les gens aiment les enfants qu'ils deviennent pédiatres !

— Ce n'est pas pareil.

— Pourquoi ?

— Parce qu'on est obligé d'aimer les bébés alors qu'on n'est pas obligé d'aimer les animaux.

Il me regarde, déconcerté.

— Et toi ? Tu voudrais faire quoi plus tard ?

— Je ne sais pas. Je n'ai jamais eu de vocation. Et je ne suis pas vraiment douée dans un domaine particulier.

— Tu sais parfaitement faire des listes.

Je souris.

— C'est gentil. Mais je ne suis pas sûre que cela me serve un jour.

(NDM : La preuve = je tiens à jour la *« Liste des métiers que je pourrais exercer quand je serais grande »* alors qu'en vrai aucun ne me correspond ni me plaît.)

— Et tes Polaroid de toilette, c'est pour faire quoi ?

— Les toilettes c'est un peu le summum du petit espace.

— Comment tu as eu cette idée-là ? De petit espace je veux dire ?

— Dans cette caravane quand j'étais petit. Je suis sûr qu'on peut vivre une vie dans un endroit comme celui-ci si on se concentre sur l'essentiel.

(NDM : C'est quoi l'essentiel ? Cela veut dire quoi dans la vraie vie ? Je ne sais pas décrire ce qui est essentiel pour moi. Il le sait déjà lui ? Notre voisine m'a dit que je saurai plus que tout le monde voir l'essentiel *grâce à mon drame* alors qu'Antoine le connaît déjà ? Sans drame ?)

— Je reviens, dit-il en se levant et en sortant de la caravane.

Il revient avec du pain, du beurre et du Nesquik et me tend le tout :

— J'espère que cette recette est dans ta liste des goûters préférés.

— Évidemment.

Cette tartine pain-beurre-Nesquik, c'est celle du voyage de classe des CM1A quand nous étions partis en classe verte à la montagne. C'est LE souvenir du premier voyage entre copains. Il ne m'en a jamais reparlé parce qu'il est poli (ou il a oublié ?). Moi, non. Cette semaine-là, j'avais gardé toute la semaine un jogging vert sapin parce que je l'avais sur moi le premier jour lorsqu'il m'a dit dans le car en passant devant la rangée où j'étais assise « Cool ton jogging ». Alors, je ne l'avais pas quitté de la semaine... pour lui plaire. Avec le recul, je m'étais dit que mettre le même jogging (de surcroît vert sapin !) cinq jours de suite devait plutôt avoir l'effet inverse.

Alors, on se fait des tartines, comme quand on était petits, comme quand on ne savait pas que notre vie pouvait basculer en une soirée, comme quand on ne connaissait pas le sens du mot essentiel.

On écoute de la musique sur mon téléphone en s'affalant

sur les coussins. Et, on commente des photos de cabanes sur Pinterest et Instagram (dire qu'il ne connaît ni l'un ni l'autre !).

Je l'aide à faire la liste des critères d'une cabane *idéale.*

Et je décide de rentrer.

Antoine me raccompagne jusque devant ma maison. Cette fois, il ne me prend pas la main dans le sentier du potager. Est-ce que j'aurais aimé qu'il la reprenne ?

On se dit *Au revoir* très rapidement et il s'enfuit. Pour être tout à fait honnête, il m'a dit *Au revoir* avec un sourire, puis il a simplement tourné le dos pour partir en direction de sa maison. Il ne s'est donc pas enfui *techniquement parlant.* C'est simplement mon cerveau qui a décidé de représenter une autre version de la scène.

Alors Jiminy, on en parle ou bien de ce que j'ai ressenti lorsque Antoine m'a pris la main ?

Et on en pense quoi ?

21 juin

Il m'a pris la main. Il a pris ma main. Il m'avait pris la main. Il avait pris ma main. Il me prenait la main. Il prenait ma main. Il me prit la main. Il prit ma main. Il me prend la main. Il prend ma main.

22 juin

160 jours. Il est temps de faire un retour sur Spring à l'équipe qui a travaillé sur le robot.

Je m'assieds dans mon lit avec mon bloc, je tiens à leur être utile.

Je ne sais pas exactement comment procéder alors je fais ce que je sais faire de mieux : une liste.

Liste sur Spring
LES + :
Il a le SWAG;-) (un galet expressif, il fallait y penser...)

Est transportable partout.
Toujours disponible.
Attachant.
Ne juge jamais.
Sait rassurer comme personne.
Est complètement autonome.
Ne s'énerve pas.
À une méthode infaillible pour réviser les leçons.
Est toujours à l'écoute.
Rend la vie originale.
LES – :
Ne ressent aucune émotion.
Ne peut pas faire de câlins.
Parle parfois comme un livre.
Ne comprend pas l'humour ni l'ironie.
Ne se lâche jamais.
N'a pas de vécu humain.
N'a pas de super pouvoirs.
Est éphémère.

Je songe l'espace d'un instant à établir cette liste sur Mathilda. Mais est-ce qu'on peut vraiment comparer un robot et une meilleure amie comme on compare différents jouets dans un catalogue de jeux de Noël ?

Mam's disait toujours qu'on ne peut pas comparer ce qui n'est pas comparable ou qu'*on ne peut pas mélanger les torchons et les serviettes.* (NDM : TOUTES les expressions de Mam's sont notées dans la « *Liste des expressions ringardes de Mam's que je me promets de ne jamais utiliser dans la vraie vie* ». J'avoue. Je les utilise. C'est une des conséquences de l'éducation. Même si on souhaite se détacher de nos parents, on reproduit malgré nous leurs attitudes.)

Ce dont je suis sûre en tout cas, c'est que personne ne peut remplacer Mathilda.

C'est maintenant l'heure de dire au revoir à Spring.

Même si j'ai été prévenue, que j'ai compté les jours et que je savais précisément quand tout cela allait s'arrêter, j'espérais qu'il allait rester avec moi plus longtemps, peut-être pour toujours.

— Ferme les yeux et imagine que je te serre fort dans mes bras, chuchote-t-il.

Je ferme les yeux et j'ai l'impression de sentir une chaleur réconfortante qui m'enveloppe.

— Au revoir Prune.

— Au revoir Spring.

— Ce n'est pas parce que je pars que je ne serai pas là.

(NDM : Mam's disait toujours ça en nous montrant notre cœur à la veille de partir en déplacement professionnel.)

Et Spring s'est éteint. Plus de lumière. Plus de bouille adorable. Plus de vie.

J'ai la gorge serrée, les mains moites et les jambes qui chancellent un peu.

Le galet est froid, gris et il sent le plastique.

Une fois, j'ai vu un ventriloque à la télé qui disait *au revoir* à la fin du spectacle à sa peluche. Il avait les larmes aux yeux. À l'époque, je le trouvais pathétique. Sans lui, sa peluche n'était qu'une touffe de poils sans sentiments et sans vie.

Aujourd'hui, je comprends.

11

23 juin

Une nouvelle vie démarre sans galet dans ma poche.

Je me sens légère et… vide.

Je ne sais pas si cela fait du bien ou pas. Il paraît que c'est important de se retrouver seule, que cela permet de faire le point, de se recentrer sur l'essentiel.

Mais c'est quoi ce putain d'essentiel pour moi ?

Pourquoi cela ne s'impose-t-il pas à moi si c'est « l'essentiel » ?

Je sors de l'Internat pour prendre l'air.

Je sens le soleil qui tape sur ma peau. Et je me demande si ça lui manque à Mam's de sentir le soleil sur sa peau. J'avance. Je fais un pas après l'autre. J'essaie de me concentrer sur la marche. J'attends que ça me fasse du bien de prendre l'air. C'est ce que Mam's faisait quand elle était énervée. Elle se dirigeait vers la porte et disait « je vais prendre l'air ». Elle revenait au bout d'une heure, parfois moins, parfois plus, avec un visage apaisé. Cette capacité à *prendre l'air* n'est a priori pas transmise par la génétique et je ne peux plus lui demander le mode d'emploi.

Pour moi, *prendre l'air* laisse juste à mon cerveau inoccupé l'opportunité de ne pas arrêter de penser.

Pourquoi personne ne peut comprendre ce que je ressens ?

Pourquoi est-ce que tout le monde m'abandonne ?

Pourquoi est-ce que je n'arrive même pas à savoir ce qu'est l'essentiel ?

Je finis par m'asseoir contre un arbre.
Je n'ai plus envie de bouger.
Est-ce que je manquerais à quelqu'un si je ne rentre pas à la maison ?
J'observe le ciel et les nuages qui défilent.
Ils ont tous des formes différentes.
C'est beau les nuages.
Elle tourne vite la terre.
Je regarde les arbres et leurs feuilles qui bougent avec le vent. Elles se laissent porter. Elles ne se posent pas de questions. Elles font partie d'un tout.

Toutes les feuilles sont intégrées à l'arbre quels que soient leurs formes, leurs tailles ou leurs défauts.
J'aimerais bien être une feuille en fait.

Une feuille tombe sur mes pieds alors qu'on est en juin, et qu'elle n'a aucune raison de se détacher là maintenant car elle est verte et belle. Une partie de cette feuille est... orange. Orange comme la couleur qu'elle aura en automne, orange comme mes cheveux, orange comme ses cheveux.
Je repense à ce que Pap's m'a dit un jour : « que mes petites sœurs avaient de la chance d'avoir une grande sœur pour que je puisse leur parler de Mam's ».
Ai-je le droit de m'enfuir ?
Est-ce que j'en suis capable ?
Est-ce que j'en ai vraiment envie ?
Je me relève.
Et je rentre.

24 juin

Tous les soirs, je retrouve Mathilda dans notre chambre pour des séances de révision du brevet. C'est bizarre de nous retrouver toutes les deux sans Spring. Même si ce brevet n'est pas un grand examen en soi, il représente pour nous la fin d'une année compliquée. Je découvre l'amitié, celle que je lisais dans les livres quand j'étais petite et que j'attendais de vivre en vrai. Je ne suis plus obligée de me forcer à dire des choses intelligentes. Je dis ce que je pense. Et bien souvent, je n'ai rien besoin de dire. Je sais qu'avec Mathilda, on se comprend et que parfois il vaut mieux ne rien dire qu'essayer à tout prix de ne pas avoir de silence. J'ai toujours dans un coin de ma tête l'enquête, Lucas et Addison, mais j'essaie de vivre avec.

— Prune, je suis en train de lire un article énorme. Est-ce que tu sais que le prénom a une influence sur la vie sexuelle des gens ? C'est prouvé scientifiquement !

— J'imagine que la vie sexuelle des Prune est un désastre notoire.

— C'est écrit que toutes les filles dont les prénoms finissent par un A reçoivent beaucoup plus de messages lorsqu'elles s'inscrivent sur des sites de rencontre et qu'elles cumulent au cours de leur vie plus de partenaires sexuels que les autres. C'est rigolo, non ?

— Ouais.

Mathilda, se réjouir d'un rien.

26 Juin

— Mat ?

— Ouais.

— T'as jamais pensé à faire une autre collection ?

— Genre quoi ?

— Genre je sais pas moi, un truc normal, des tortues ou des gommes en forme.

— Ouais comme ça, à chaque anniversaire, retour de voyage ou Noël, les gens pourraient me ramener des tortues moches dans une matière improbable ou des gommes que je n'aurais pas choisies. Et toi t'es obligée d'avoir l'air contente puisque c'était ton idée. Mais ta collection ne t'appartient plus vraiment en fait. Toi, tu ne l'aurais jamais faite comme ça. Et tu t'en fous en plus d'accumuler 150 tortues moches dans une vitrine. Tu vois ?

– J'ai saisi l'idée.

– L'avantage avec ma collection, c'est que personne ne s'en mêle. Personne ne m'offrira des feuilles de papier toilette.

– C'est sûr.

27 juin

C'est le dernier week-end avant le brevet. Tout le monde à la maison fait des efforts pour que tout se passe bien. Pap's a prévu de commander des pizzas ce samedi soir. Mes sœurs jouent à donner des ordres à leurs chats-robots. (NDM : Est-ce que les robots remplaceront aussi les animaux de compagnie ? Obéissance et propreté garanties ! Mais les câlins ?)

Je profite de ce moment de répit pour écrire une lettre à Mam's. Je l'informe de la fin de mission de Spring, des révisions du brevet, de mon amitié avec Mathilda, de ma décision de revenir habiter à la maison… Lorsque j'arrive sur sa tombe pour déposer ma lettre, j'aperçois tout de suite la boîte en bois. Une mouette, qui tient dans son bec une enveloppe, est dessinée dessus en pyrogravure. Antoine… Je mets ma lettre dedans le cœur léger.

28 juin

On y est. Le premier jour du brevet. J'ai dormi à la maison cette nuit parce que le brevet se déroule dans le lycée public à côté de chez moi. (NDM : Il n'y a pas de passages d'épreuves dans notre internat privé.) Je me sens prête et… impatiente.

Je vérifie mille fois le contenu de ma trousse, deux mille fois la date et l'heure de la première épreuve, trois mille fois si j'ai bien ma carte d'identité. J'essaie de rester concentrée.

Mes sœurs m'offrent un dessin au petit-déjeuner (NDM : un gribouillage... contemporain ?) et Pap's m'accompagne en voiture. Je pense qu'il est plus tendu que moi à la façon qu'il a de tapoter nerveusement sur le volant.

Ma sérénité tombe instantanément lorsque nous passons devant l'hôpital de la Nitrière... J'ai très chaud, je transpire même. J'essaie de ne pas me laisser perturber mais c'est impossible. Tout ce que j'ai essayé de refouler dans un coin de ma tête refait surface. Il faut que je sache ce qu'il s'est vraiment passé.

J'entre dans la salle et je m'installe à ma table. Je dispose toutes mes affaires avec précision autour de moi : une bouteille d'eau, un paquet de gâteaux, mes stylos... et une pierre en calcite bleue, spéciale passage d'examens, que Sarah-Line m'a offerte (NDM : non pas que je croie qu'elle puisse avoir un réel effet sur ma performance mais bon puisque je l'ai, autant l'utiliser).

J'ai hâte de commencer. Je pourrais me plonger dans l'épreuve pour oublier.

Tout le monde s'installe et scrute ses voisins.

Certains ont l'air très nerveux comme s'ils jouaient leur vie, peut-être que leurs parents leur ont mis beaucoup de pression, d'autres au contraire donnent l'impression de venir à la plage. Moi, j'ai une nouvelle fois le sentiment de flotter dans cette salle comme dans beaucoup d'endroits ces derniers temps...

La cloche sonne enfin.

Un garçon entre rapidement et s'assoit à la seule place restée vide en diagonale de moi. Je le suis des yeux, mon cerveau toujours envahi par mes pensées. Je fixe son profil gauche sans le regarder vraiment. Il se retourne rapidement pour parcourir la salle du regard, comme nous l'avons tous fait avant lui, puis il s'arrête sur moi et me sourit franchement.

Je ne pensais pas le retrouver dans la même pièce que moi, même si l'idée m'avait traversé l'esprit puisque les épreuves ont lieu dans son collège et que nos noms de famille commencent par la même lettre.

Je souris à Antoine en retour.

Sa seule présence me rend toute bizarre. Des papillons envahissent mon ventre.

(NDM : Quelle peut être l'origine de cette expression ?)

Mon cœur bat un peu plus vite.

J'ai chaud…

29 juin

Le brevet passe à toute vitesse (NDM : en même temps, il ne dure qu'un jour et demi.). Je serre les dents lorsque nous passons devant l'hôpital, les épreuves sont assez simples, les énoncés me rappellent Spring et nos moments de révisions improbables avec Mathilda. Dans la salle j'observe Antoine, j'ai l'impression d'être une espionne. J'aime sa nuque, ses épaules, son dos, sa peau, la façon qu'il a de rester concentré, imperturbable. Dès qu'il finit une épreuve, il ne se relit jamais, il prend un crayon et dessine des cabanes…

Quand je me lève pour sortir, il ne met jamais très longtemps à se lever lui aussi, comme s'il attendait que je finisse… (Ou n'est-ce qu'une pure coïncidence ?)

Du coup, on passe les pauses ensemble, parfois avec d'autres amis à lui que je ne connais pas et surtout qui ne me connaissent pas.

Le brevet fini, on se retrouve dans la caravane.

Des amis d'Antoine et moi.

On parle, comme si on se connaissait depuis longtemps, des épreuves du brevet, des différents lycées, de nos familles, des vacances, de la musique, des dernières séries qu'on a vues, des buzz sur Internet (dont Antoine ignore l'existence).

Ils parlent ensuite de la prochaine soirée, à laquelle je ne suis pas conviée et des aménagements qu'Antoine pourrait faire dans sa caravane pour la transformer en salle de jeux comme positionner un baby-foot ou un flipper. J'observe Antoine qui ne répond pas vraiment. Je sais au fond que sa caravane ne deviendra jamais la salle de jeux fantasmée par d'autres. Puis, d'un coup, un de ses amis se lève suivi immédiatement par les autres.

(NDM : J'aimerais connaître les théories sur les déplacements des ados. On apprend celles sur les déplacements des animaux qui migrent d'un continent à l'autre. Mais qu'est-ce qui pousse les ados à rentrer dans ce bar plutôt qu'un autre ? Quel est le signal du départ d'une soirée ? Est-ce qu'il y a forcément *un chef de bande* qui dicte la conduite de tout le monde même si de l'extérieur la hiérarchie n'est pas visible ?)

Du coup, je remets mon manteau et me dirige vers la sortie le plus lentement du monde. Je n'ai aucune envie de partir d'ici, de quitter cette caravane alors je me meus comme dans un film en slow motion. (NDM : À noter que c'est la première fois que je conjugue le verbe *se mouvoir* au présent.)

— Tu pars aussi Prune ?

— Non, je peux rester un peu.

— T'as froid ?

— Non.

— Alors pourquoi tu t'habilles ? dit-il dans un sourire.

On se recouche sur les matelas. La musique sort de l'enceinte d'Antoine. Je ne l'avais jamais vraiment regardée cette enceinte mais elle est grise, petite et ovale, elle a un petit air de Spring.

Sa présence à mes côtés alors que nous ne sommes plus que tous les deux me rend fébrile.

Nos jambes se frôlent. L'ensemble de mon corps est en

alerte. Je fais un gros effort pour me concentrer sur un début de conversation que je pourrais démarrer.

Mon Jiminy, qui n'a rien en commun avec le Jiminy professionnel de Mathilda, choisit précisément ce moment pour se lancer.

– Tu l'as déjà fait ?

(NDM : Sur une échelle de la « gênance » de 1 à 5, je suis à 6. Je n'assume pas ce qui sort de ma bouche.)

Antoine me fixe et laisse passer dix secondes interminables. Entend-il mon cœur battre ?

– Non. Pourquoi tu me poses cette question ?

– Comme ça. (NDM : J'essaie de paraître détendue mais Jiminy revient à la charge, a priori insatisfait de cette réponse.) Tu y penses parfois ?

– Ça ne m'obsède pas si c'est ta question.

– Tu aurais envie de le faire ?

– Pourquoi tu me poses ces questions Prune ? C'est parce que tu comptes le faire avec ton Lucas ?

(NDM : Lui avais-je déjà parlé de Lucas ? Il se souvient de ce prénom ?)

– Non ! C'est pour connaître la vision d'un mec sur cette question.

– Je ne suis pas n'importe quel mec tu sais, répond-il en me regardant dans les yeux.

Je rougis. Son regard me déstabilise. J'ai l'impression qu'il lit en moi comme dans un livre ouvert.

Il est temps de partir avant que Jiminy ne se mette à dire d'autres choses.

Je lui fais la bise. Clairement cette bise n'a rien à faire là. Au collège, on se fait la bise quand on arrive mais pas quand on part.

J'ai le sentiment que cette bise pourrait déraper à tout moment, que c'est plus qu'une simple bise.

– On se voit plus tard ? dis-je à Antoine en m'éloignant

de lui et en priant pour que mes jambes ne s'emmêlent pas sur le pas de la porte.

— OK. À plus tard alors.

— Toi aussi.

Toi aussi ?

Cette bise made my day. (NDM : Je parle franglais...)

Parfois, on ne comprend pas la fascination des gens devant une œuvre d'art et pour la fascination devant une bise, que dirait la critique ?

Mathilda pense qu'Antoine a un certain effet sur moi.

Je ne crois pas. Je ressens plein de choses pour lui que je n'arrive pas à qualifier mais nous sommes tellement différents. Pourtant c'est vrai que je ne le vois toujours pas avec une autre fille...

Mais s'il devait se passer quelque chose entre Antoine et moi, cela se serait déjà fait, non ?

Assise sur mon lit, je fais la *Liste des Souvenirs avec Antoine* :

- Lorsque Frédéric est venu me voir pour me dire que tu étais amoureux de moi en m'offrant ton œuvre : un cœur orange dessiné à la craie sur une écorce d'arbre.

- Lorsque tu m'as prêté ton K-Way en classe verte alors qu'il pleuvait des cordes parce que je l'avais oublié.

- Lorsque je découvrais tes blagues dans mon agenda à l'école et que j'essayais de contrôler mon fou rire alors que je savais que tu guettais le moment où j'allais tourner la tête vers toi et craquer.

- Lorsque tu faisais des origamis en forme d'animaux que tu posais sur notre boîte aux lettres que je découvrais en allant à l'école.

- Lorsque Mam's retrouvait toutes sortes de noyaux dans ses plantes (abricot, cerise...) parce que tu voulais vérifier si

les noyaux pouvaient donner naissance à des arbres même dans des pots de terre intérieurs.

- Lorsque tu t'es échappé de chez toi pour venir me voir à vélo au centre de loisirs, alors que tu n'avais que 10 ans, parce que tu savais que je n'aimais pas ça.

- Lorsque tu m'as rapporté un edelweiss séché dans un livre de tes vacances à la montagne parce que tu savais que je n'en avais jamais vu.

- Lorsque tu m'as donné un papier sur lequel tu avais dessiné un cœur avec ton sang qui provenait de l'entaille que tu t'étais faite sur un doigt pour sceller notre amitié, même si sur le moment, j'avoue, je n'ai pas aimé voir ton sang réparti sur une feuille.

- Lorsque tu m'emmenais dans La caravane pour écouter de la musique et fuir le monde extérieur.

- Lorsque tu as su que mes sœurs étaient nées, tu n'as pas dit « Wouah, trop génial d'avoir des sœurs jumelles », toi tu savais.

30 juin

Les épreuves du brevet sont finies.

Je prépare mes affaires pour partir en colo avec Mathilda. Après de multiples délibérations, nous avons choisi d'aller en Espagne.

Je fais des listes pour ce que je dois absolument avoir avec moi dans mon sac dans le car (vingt heures de car quand même !), ce que je dois avoir dans ma valise, ce que j'hésite à mettre dans ma valise…

C'est le moment que je préfère, je les écris au crayon à papier, comme ça, je peux les gommer, les rayer, faire des dessins.

Je commence mes valises et trouve un post-it (de Mathilda) dans la première.

« Une étude démontre que les valises des filles sont composées à 58 % de *on ne sait jamais...* . »

2 juillet

Demain, c'est le jour des résultats du brevet. Pap's est OK pour que Mathilda vienne passer la journée à la maison et dormir pour que nous consultions les résultats ensemble. Si c'est positif, on va à la soirée de l'internat organisée après-demain soir (Lucas jouera en live). Et le 5 juillet, on part en colo pour un mois ! Beau programme en perspective.

À huit heures, Mathilda m'envoie un SMS.

Mathilda : Interdiction de t'habiller et de prendre ton petit-déj avant mon arrivée !

(NDM : Message suivi de la panoplie complète des émojis.)

C'est la raison pour laquelle je suis encore en pyjama dans ma chambre à 9h50, réveillée depuis 8 heures du matin par un SMS et dans l'impossibilité d'entreprendre quoi que ce soit de ma matinée.

Est-ce qu'elle veut prendre le petit-déj au lit avec moi ?

L'interphone sonne.

— Tu mets un pyjama pour aller dehors toi ? T'es toc-toc ! déclare Lara.

Je descends les escaliers à toute bombe et découvre Mathilda en pantalon de pyjama avec un sac de voyage et un t-shirt « Je vois mieux la vie à l'envers ».

Je déclare officiellement Mathilda atteinte du TOC de citations sur t-shirt.

Elle sourit tellement que je me demande si elle ne répète pas pour un spot publicitaire qui vante les mérites d'un dentifrice. Je suppose que sa dernière trouvaille est à la hauteur de son sourire.

— Prête à vivre une journée à l'envers ? demande-t-elle.

— Une journée à l'envers ?

— Il reste une journée entière avant les résultats du brevet. On a le choix, soit de perdre notre journée à y penser soit de passer une journée à l'envers. Tu vas voir. C'est génial ! La journée va passer trop vite.

— Tu l'as déjà fait ?

— Oui, tous les ans, avec Mamie, on passe la journée du 24 décembre à l'envers. Comme ça, on ne perd pas notre journée à attendre le réveillon de Noël ! On est trop occupées.

(NDM : C'est donc génétique.)

— OK, je te suis, qu'est-ce que je dois faire ? dis-je dubitative.

— Cool ! Alors, on va se laver les dents avant d'aller dîner.

— Mais il est 10 heures du matin et je n'ai pas encore mangé.

— Justement. C'est ça l'idée.

Nous nous brossons les dents puis nous passons à table pour le petit-déjeuner (qui est donc le dîner). Nous commençons par le dessert, un éclair au chocolat, puis du fromage, ensuite, des pâtes et une tomate avec de la mozzarella devant Pap's, Lara et Emma amusés.

— Et je suppose que nous ne pouvons pas nous laver les dents maintenant ? demandé-je.

— Si, ça tu as le droit. Et après, on va s'habiller !

— On a le droit de s'habiller normalement ?

— Presque. Tu dois commencer par mettre tes chaussures, ensuite tu peux enfiler tes vêtements mais tu dois les mettre à l'envers. On doit voir les étiquettes !

— Mais c'est impossible de mettre mon jean avec mes chaussures !

— C'est que tu dois choisir un autre bas alors !

Je me regarde dans le miroir.

(NDM : Est-ce qu'il existe des concours de gens qui

passent leur journée à l'envers ?)

— Et que fait-on maintenant ?

— On part acheter du pain à l'envers.

— À l'envers. Ça veut dire qu'on doit marcher à reculons ?

— Oui, tu verras, c'est marrant. Lâche prise Prune !

Lara et Emma nous regardent :

— Vous allez sortir comme ça ?

Je suis rouge écarlate à l'idée que je puisse rencontrer des gens que je connais mais je suis Mathilda qui est tellement persuasive. On arrive devant la boulangerie.

— Regarde-moi, dit Mathilda. Parce qu'après, c'est toi qui iras acheter des magazines.

Elle entre à reculons. Elle se retourne. Elle dit « Merci », pose son argent sur le comptoir puis

« S'il vous plaît une baguette », elle prend la baguette et sort en disant bonjour. Tout le monde la fixe. Moi, je souris mais je suis IN-CA-PA-BLE de faire ça. J'ai peur du regard des autres et elle le sait.

— Allez, essaie Prune. C'est drôle. TOUT VA BIEN. Qu'est-ce qui peut t'arriver au pire ? Fais une liste ! Tu verras bien.

Liste de ce qui peut m'arriver de pire :

1) Les gens sourient.

2) Les gens se moquent.

3) Les gens ont pitié.

4) Que quelqu'un que je connaisse sourie, se moque ou ait pitié.

Je rentre à reculons, et je reproduis la scène de Mathilda. En fait, je me détends petit à petit. Je trouve ça amusant même... Nous continuons notre promenade à l'envers dans la ville. On doit se tenir fort pour ne pas tomber. On a une autre vision des choses dans ce sens-là : les visages des gens qui marchent dans le même sens que nous remplacent les nuques, on a une autre perspective des rues et surtout, on a tous nos sens en alerte car on est obligées d'être concentrées sur tout ce que nous faisons. Traverser un passage piéton par exemple devient une véritable aventure. En marchant, on se raconte des histoires en commençant par la fin. Je comprends mieux l'expression *des conversations sans queue ni tête* qu'utilisait Mam's.

Une fois rentrées, on poursuit notre journée à l'envers. On lit les magazines à l'envers. Donc on connaît les résultats des tests avant même de les avoir fait...

Et après, on prend notre petit-déjeuner, des pains au lait avec de la confiture Framboise-Poivre 5 Baies (NDM : de Sarah-Line bien sûr... qui d'autre aurait l'idée de mélanger des framboises avec du poivre pour relever le pep's de la framboise ?), à côté de Pap's, Lara et Emma qui dînent, ravis du spectacle. Et on file dans la douche avant de se remettre en pyjama.

Mathilda pense qu'un producteur pourrait réaliser une émission de télé-réalité en partant du concept de vivre à l'envers. Il pourrait l'appeler « Upside down Story ».

On devrait tous passer une journée à l'envers de temps en temps. Ça remet les idées à l'endroit. C'est fou de réaliser à quel point on vit dans un monde hyper structuré avec des règles qui nous paraissent normales. Le matin, on commence par une douche puis un petit-déjeuner, etc... Perdre ses repères nous montre qu'on peut voir et vivre autrement. Aujourd'hui, je n'ai pas eu de pensées négatives, je n'ai pas eu le sentiment d'attendre que ma journée passe, je l'ai vécue. Je suis vivante.

(NDM : Mathilda se couche avec une chemise de nuit « Si nous ne sommes pas censées manger en pleine nuit, pourquoi y a-t-il de la lumière dans le frigo ? ».

J'ai vérifié sur Internet. Il n'existe pas de nom pour cette collection de t-shirts à message... pour l'instant.)

3 juillet

JOUR J ! J'ai plus le trac pour les résultats que pour les épreuves.

Mathilda se réveille, surexcitée.
— À nous le diplôme !
Elle file sous la douche et revient vêtue d'un t-shirt, morte de rire :
« Si le plan A ne marche pas, il reste encore 25 lettres dans l'alphabet ».
Je me marre mais j'ai les jambes en coton. Mathilda me rassure :
— Détends-toi Prune, tu n'as pas pu le rater !
À l'heure communiquée, nous nous connectons. On met du temps à avoir les résultats. Toutes les lignes se brouillent, je n'arrive même pas à trouver mon nom de famille. C'est Mathilda qui voit les résultats la première.
— Tu l'as eu ! Tu vois, je te l'avais dit. Bravo !
Elle l'a eu aussi. Je suis soulagée.

On doit maintenant se préparer pour la soirée, choisir la tenue que l'on portera et finir les valises…

On part, en marchant à l'endroit cette fois, faire des courses en ville pour notre soirée.
On tombe sur Antoine.
— Bonjour Prune.
— Bonjour Antoine, euh Mathilda - Antoine, Antoine - Mathilda.
— Bonjour Antoine, dit Mathilda en me regardant avec insistance.
— Félicitations Prune.
(NDM : Il a pris le temps de regarder mes résultats.)
— Merci !
— Tu fais quoi demain soir ? demande-t-il.

— Je vais à l'internat. Ils organisent une soirée pour la fin de l'année.

J'ai envie de lui poser plus de questions, de rester avec lui mais la présence de Mathilda et la retenue d'Antoine m'empêchent de dire quoi que ce soit.

— On court ensemble dimanche ?

— Je pars en Espagne un mois, dis-je sans reprendre ma respiration.

On dit que c'est toujours plus dur pour ceux qui restent. Est-ce que cela sera dur pour lui ?

Il paraît surpris, peut-être déçu, je ne sais pas trop en fait car à la différence de moi, on ne peut rien lire sur son visage.

— Alors, bonnes vacances en Espagne Prune.

(NDM : Pourquoi quand lui dit Prune, je trouve que c'est un beau prénom ?)

— Et toi ? Tu pars ?

— Oui. Je pars faire de la rando en montagne avec ma famille.

— OK. Bonnes vacances aussi alors. Tu me diras si tu croises des cabanes ?

Il rigole.

— OK !

On part. Je suis rouge cramoisie.

— *Si tu croises des cabanes ?*, c'était énorme ! Je n'ai rien compris mais là, c'est clair, non ? chuchote Mathilda. Vous êtes amoureux. Tu verrais vos têtes !

— Mais non, dis-je en ripostant. On s'entend bien, c'est tout.

J'essaie d'y croire mais j'ai de plus en plus de mal aussi. Est-ce que j'éprouve quelque chose pour lui oui ou non ? Je me souviens d'un article dans Jeune & Cool : « *Comment savoir si vous avez des sentiments pour lui et s'il a des sentiments pour vous ?* ». Il faut que je le remplisse.

Ou peut-être que je devrais téléphoner au 99 999 et envoyer Antoine pour savoir s'il ressent quelque chose pour moi.

Non, il faut que j'arrête de remettre ma vie entre les mains des tests, des horoscopes, des signes du destin, des élixirs, des pierres précieuses ou de je ne sais quoi ou qui.

12

4 juillet

Soirée = H – 2 Heures

Mathilda a amené une trousse à maquillage de compétition. Du coup, on prend un numéro de Jeune & Cool et on essaie de se faire les yeux smoky en suivant les explications. Pour le résultat, j'hésite entre les yeux smoky et les yeux cernés...

Emma et Lara, que Mathilda a maquillées aussi, ressemblent à des pandas.

H - 1 Heure

Bilan des tenues :

Un jean pour moi + des boots en daim couleur camel qui m'arrivent au-dessus de la cheville + un haut noir (de Mat) transparent en haut (les bretelles de mon soutien-gorge sont de sortie).

Mathilda met un jean aussi et un t-shirt sur lequel est inscrit « C'est la crise, tout le monde en chie et pendant ce temps, Cadet Rousselle a trois maisons. Tranquille ».

— Mathilda, tu ne vas pas mettre ça !

— Non, ça, c'était juste pour te détendre ! Ce soir, je mets une robe.

Elle passe une robe noire avec un décolleté en V dans le dos. Elle est classe dans sa robe. Cette fille a des atouts insoupçonnés.

H - 45 mn

Je vais dans la salle de bains que Mam's et Pap's se partageaient.

Comme pour toutes ses affaires, Pap's n'a touché à rien. Ses rituels beauté sont alignés à côté du lavabo.

Une photo d'elle, la même que celle dans le cimetière, est encadrée dans la salle de bains.

Je me regarde dans le miroir.

Je cherche des ressemblances avec elle, comme si j'avais besoin de me prouver que je suis bien sa fille, que tout cela a bien été réel. Le grain de beauté que nous avons toutes les deux en haut de la joue droite, presque au niveau de la tempe me relie à elle.

J'ouvre ses crèmes et son parfum pour la retrouver. Mon cerveau n'avait rien oublié...

J'en mets sur mon poignet.

Je mesure à quel point c'est précieux d'avoir une maman et à quel point les moments clefs de ma vie seront autant d'étapes à passer sans elle.

Est-ce que ce brevet n'est qu'une de ces étapes ?

Est-ce que chaque fois que je vais vivre quelque chose d'intense dans ma vie je regretterais son absence ?

Elle ne sera même pas là pour mon mariage, elle ne verra jamais mes enfants, elle ne sera jamais belle-mère, ni grand-mère.

Je relève la tête et j'aperçois sa silhouette derrière moi qui me regarde dans le miroir. Mon cœur bat à 1 000 à l'heure. Je me retourne d'un coup. Elle n'est pas là. Et pourtant elle est là, je la sens.

« Ce n'est pas parce que je pars que je ne serai pas là. »

Je m'assois sur le rebord de la baignoire.

Est-ce que vraiment les signes que nous envoient les personnes proches qui ont disparu ne sont que le fruit de notre imagination ? Ou alors est-ce qu'ils y arrivent vraiment de là-bas ? Est-ce que Pap's aussi reçoit des signes ?

Est-ce que je ne devrais pas apprendre à vivre avec les signes qu'elle m'envoie ?
Qu'ils soient imaginaires ou pas ?

Personne n'est obligé de le savoir.
Cela peut rester entre elle et moi.

H-30 mn

Pap's nous conduit à la soirée. Il est fier de nous.
Il doit se dire plein de choses. Peut-être qu'il l'écrira dans l'agenda de Mam's en rentrant ?

H

J'entre la première. La cantine, d'ordinaire aseptisée, est décorée comme dans les films américains avec des ballons de toutes les couleurs, des banderoles « félicitations » et des stands qui proposent des nourritures différentes : bonbons (la base), hot-dogs et crêpes. Il y a même un stand mojitos (sans alcool of course) et aussi les profs !

Audrey s'avance vers moi. Elle a quitté ses vêtements confortables pour une robe ample.
(Verdict = elle ressemble à un moine tibétain.)
— Bravo Prune pour tes résultats ! Comment te sens-tu ?
— Mam's me manque mais ça va.
C'est la première fois finalement que je le formule tout haut et c'est plus facile que prévu.
— Comment ça se passe avec ton Jiminy ? As-tu réussi à l'apprivoiser ?

— Pas complètement.

Elle se penche vers moi pour me dire :

— Fais-toi confiance Prune et passe une bonne soirée.

— Merci.

(NDM : Je ne comprends pas pourquoi on utilise l'impératif pour souhaiter quelque chose de positif à une personne. La traduction de « Passe une bonne soirée » signifie pour moi « Tu dois passer une bonne soirée. C'est un ordre. En plus, ça ne tient qu'à toi alors vas-y ! ».)

Tout le monde reste près du buffet. Personne n'ose danser en premier de peur du regard des autres. Le DJ, derrière sa table, avec une nappe blanche mille fois trop grande, est stoïque. Il sait par expérience que les débuts de soirée sont toujours un peu figés.

Puis soudain, « Cheap Thrills » de Sia réunit un groupe de filles au milieu de la piste. Ce sont toujours les filles qui commencent...

Mathilda sourit, tape dans ses mains et se joint aux filles en chantant. Elle m'entraîne par la main. Je me retrouve donc à me dandiner sur la piste.

J'ai l'impression que tout le monde m'observe, je me demande si les gens me regardent ou s'ils sont plutôt attirés par les bretelles de mon soutien-gorge. J'ai envie de me cacher. Mais je ne sais pas où me mettre, je ne vais pas aller devant le buffet pour m'empiffrer et je ne vais pas non plus rester debout toute seule à regarder les autres danser.

Addison, suivie de Bertille, rejoignent le groupe qui s'est formé.

Le nœud dans le ventre fait rage. Mais elles ne prêtent pas attention à moi.

Puis, la musique s'arrête et Lucas au micro annonce le début du concert. Physiquement il provoque toujours un petit quelque chose en moi mais Jiminy me souffle de me méfier. J'essaie à nouveau de mettre les choses à plat. Je reprends ma liste.

Liste de pourquoi j'ai envie d'être avec Lucas ?
1) Parce qu'il est cool.
2) Parce qu'il est beau.
3) Parce qu'il joue de la musique.
4) Parce qu'il semble inaccessible.

(NDM : Cette liste est révélatrice, non ? Alors pourquoi ai-je encore envie d'être avec lui ?)

Le concert est fini. Cette fois, tout le monde est sur la piste. Des garçons, jusqu'alors inconnus, m'invitent à danser une espèce de salsa (je suppose que c'est Mat qui les envoie...).

Lucas m'invite à danser. Je suis tendue mais heureuse qu'il s'intéresse à moi.

Il me chuchote à l'oreille :

— Prune, cela fait trop longtemps qu'on ne s'est pas vus, c'est dommage.

Je suis cramoisie.

— Je vais nous chercher des verres, tu veux boire quoi ? propose-t-il.

— Une vodka pomme. (NDM : Les filles cool boivent des vodkas pomme, non ? Il est temps d'appliquer la technique de détournement de Spring, enfin de Mam's...).

— OK. Je reviens vite.

Il part en direction des toilettes des garçons (là où est stocké le bar clandestin avec de l'alcool), je cherche Mathilda des yeux pour lui raconter mais je ne la trouve pas. Au lieu de ça, c'est Bertille qui vient me voir.

— Prune, il faut que je te parle.

— OK.

— Il vaut mieux qu'on aille dehors.

— OK.

— Écoute, nous ne sommes pas très proches et on ne peut même pas dire que nous sommes amies mais voilà je t'aime bien quand même.

— OK.

— Je voulais juste te dire que Lucas sort avec toi car il a fait un pari avec Addison en début d'année.

— Un pari ? Quel genre de pari ?

— De sortir avec une rousse.

— …

— Je suis désolée.

— …

— Avec tout ce qu'il s'est passé pour toi.

— Il a gagné son pari. Pourquoi il continuerait à me parler alors ?

— Parce que le pari n'a pas été complètement gagné.

— Pourquoi ?

— Parce qu'il devait voir une rousse toute nue pour voir si… Je suis désolée… Enfin bon tu comprends.

— Oui, j'ai compris.

Ils ont envie de savoir de quelle couleur est le noyau d'une prune.

— Moi, je te trouve très forte en tout cas.

— Pourquoi ?

— Parce qu'à ta place, je serais au bout de ma vie.

— Merci. Tu peux me laisser maintenant, j'ai envie d'être seule.

— Tu veux que je dise à Mathilda de venir ?

— Si tu veux.

Je m'assieds dans la cour. Au loin, je vois un groupe de jeunes qui fument devant la porte et à droite, des couples se retrouvent pour s'emballer.

Et moi, je suis là toute seule avec mes cheveux orange, mon cerveau dépassé, mon ventre noué et mon cœur gelé.

— Prune, mais qu'est-ce que tu fais là ? Je t'ai cherchée partout, crie Antoine qui se matérialise subitement devant moi.

Je le regarde et mon cerveau se met à rechercher des associations.

Antoine + Internat = Quel lien ?

Antoine + soirée = Pourquoi ?

— Toi, qu'est-ce que tu fais là ?

— Je voulais te voir.

Mon cœur se réchauffe instantanément, j'ai envie qu'il me prenne dans ses bras. Je poserais ma tête contre le haut de son torse. Il m'entourerait avec ses bras. Je serais en sécurité là. Je comprends à ce moment précis que c'est avec lui que j'ai envie d'être.

Dans ma tête, la liste se fait toute seule.

Liste des raisons pour lesquelles j'ai envie d'être avec Antoine :

1) Il me regarde.

2) Il me sourit.

3) Il me surprend.

4) Il m'apaise.

5) Il me fait vivre.

6) Il ne ressemble à aucun autre.

7) J'ai des papillons dans le ventre lorsqu'il est à côté de moi.

8) Parce qu'avec lui, je suis MOI.

9) Parce qu'il est LUI quoiqu'il se passe autour.

— J'ai toutes tes réponses.

— Mes réponses ?

— Oui, celles que tu cherchais pour ton enquête. J'ai lu le dossier de la police. Tu veux que je t'explique ?

Enquête, dossier, réponses, tous ces mots se percutent dans ma tête.

— Oui.

— L'accident a eu lieu à 19 h 25 au carrefour de la Nitrière. Tu le sais déjà je crois. Gaspard Leprat, qui est un des nouveaux médecins de garde de cet hôpital, est effectivement passé au feu rouge. Il roulait assez rapidement lorsqu'il a percuté la voiture de ta mère qu'il n'a pas dû voir ou alors trop tard car il pleuvait et il faisait nuit noire. Les tests d'alcoolémie et de drogue sont négatifs. Le rapport indique que ta mère se rendait à un rendez-vous et que Gaspard se rendait à l'hôpital pour voir sa femme enceinte qui venait de faire un malaise. Il était fou de ne pas être à ses côtés.

— Comment as-tu eu accès au dossier ?

— Mon oncle travaille dans la police.

— C'était un accident ? Un vrai tu crois ? Ce n'était pas volontaire ? Elle n'a pas genre foncé dans l'autre voiture exprès.

— Oui, c'est un vrai accident de voiture.

— C'est « juste » parce qu'il est passé au rouge c'est ça ?

— Oui, il voulait retrouver sa femme le plus vite possible.

— C'est lui qui l'a tué alors ?

— …

Alors, c'était ça l'accident. C'est tout. Il faut moins d'une minute pour le raconter.

— Mais Monsieur avait de bonnes raisons d'être pressé et de griller le feu rouge. Alors du coup, il n'est pas vraiment fautif, c'est ça ? En plus, c'est un homme qui sauve des vies.

— J'imagine que cela doit être difficile pour toi d'entendre ça. Je sais que tu es en colère après lui. Il est passé au feu rouge. Il reste coupable même s'il n'a pas voulu l'accident.

— Ouais, c'est la vie. C'est ça ? C'est ce que tout le monde pense de toute façon. C'est la vie Prune, on ne peut rien y faire, c'est comme ça. Il faut l'accepter maintenant et passer à autre chose. Putain mais si c'est ça la vie, franchement.

— J'imagine que cela aurait été plus facile s'il était

drogué ou ivre ou s'il s'était passé un truc qui te donnerait l'autorisation de le détester pour de vrai. Mais dans la vie, ça ne peut pas toujours être comme dans les livres. Tu as le droit d'avoir mal Prune, tu as le droit de le dire, de le penser, de le montrer, ...

— ...

— Tu veux que je reste avec toi ?

— Qu'est-ce qu'il se passe Prune ? crie Mathilda en arrivant.

— Je veux rentrer.

— Maintenant ? demande-t-elle en nous regardant successivement.

— Oui.

— OK.

Je l'entends appeler mon père et chuchoter avec Antoine.

Il se retourne, me regarde. Je ne réagis pas. Je pose ma tête sur mes bras qui entourent mes genoux. Je ferme les yeux. Je digère tout ce que je viens d'entendre.

Je sens la main de Mathilda qui fait des allers-retours sur mon dos.

Au bout d'un moment, elle m'appelle, me prend la main et on monte dans la voiture de Pap's.

Elle lui fait des signes. Il ne pose pas de questions.

Elle me tient la main jusqu'à ma chambre.

On se couche. On ne parle pas.

L'enquête est enfin résolue. Je devrais être soulagée de savoir que Mam's n'a pas voulu nous quitter, non ?

Est-ce que je me sens mieux ou pas maintenant que je sais exactement ce qu'il s'est passé ?

Pourquoi Antoine s'est-il autant préoccupé de moi si ce n'est pas pour sortir avec moi ?

Qu'est-ce que je fais de mon histoire avec Lucas ? Tout est faux depuis le début alors ?

Et Addison aussi ? C'était quoi l'idée ? Devenir populaire ?

Comment est-ce que j'ai pu être aussi naïve ?

C'est horrible.

J'ai envie de me cacher six pieds sous terre.

J'ai envie de disparaître.

J'ai envie de rejoindre Mam's.

Une fois allongée dans mon lit, je me tourne vers Mathilda et je lui dis :

— Parfois, j'aimerais vivre en théorie parce qu'en théorie tout se passe bien.

— Tu ne peux pas dire ça Prune. C'est nul de vivre en théorie...

— Je ne vois pas pourquoi.

— Spring vit en théorie grâce à la programmation de ta mère et on ne peut pas dire qu'il vit ! Il ne sait pas ce que c'est d'avoir le cœur qui palpite, des papillons dans le ventre, des envies ou des rêves.

— Peut-être mais au moins, il ne souffre jamais.

— Mais sa vie Prune, c'est PAS LA VRAIE VIE ! Il ne vit pas. Il vaut mieux souffrir que ne rien vivre du tout.

13

5 juillet

Je me lève très tôt. Mat, comme tout le reste de la maison, dort encore.

Elle m'a enfin raconté sa vie. Elle avait trois ans lorsque son père est décédé. Sa mère l'a confiée à sa propre mère pour une courte période car elle ne supportait pas de revoir le visage de son père à travers elle. La courte période n'a jamais pris fin. Elle n'a plus aucun souvenir de lui ni d'elle. Sa mère est partie vivre à l'autre bout du monde pour oublier son ex. Elle a aussi oublié l'enfant de son ex. Mathilda a toujours vécu avec sa Mamie. Et elle a choisi l'option B.

J'aperçois tout de suite le paquet au pied de mon lit. Le papier cadeau est fabriqué maison avec les pages de tests des magazines de filles et dessus est écrit avec un marqueur noir :

« À Prune, BFFAATW * Best Friend Forever All Around The World, à enfiler en cas de besoin et à se remémorer souvent ».

J'ouvre.

C'est un t-shirt blanc sur lequel est inscrit en lettres noires brodées « Keep calm and make a list ».

Je le prends dans ma main et m'assieds dans le canapé du salon, mes mains tremblent sous le coup de l'émotion.

Je devrais me venger d'Addison et Lucas et leur faire comprendre qu'ils n'avaient pas le droit. Je ne mérite pas ça. Personne ne le mérite. J'ai passé la nuit à imaginer des vengeances. Imprégner de chewing-gum la chevelure d'Addison, lui arracher ses six boucles d'oreilles, mettre le feu à son dressing, raser la mèche de cheveux de Lucas ou dessiner son visage avec une larme sous un œil et écrire en légende « best tatoo malabar ever » avec un marqueur indélébile sur la porte des toilettes pourraient être des options mais je n'arrive pas à m'imaginer soulagée après.

Comment ont-ils pu faire ça ? Qui sont-ils pour être comme ça ? Je les hais parce qu'à cause d'eux, je me déteste. J'ai honte d'être rousse, d'être moi, de n'avoir rien vu, de n'avoir rien compris. Je me repasse toutes les scènes en boucle et je note après coup des attitudes qui auraient dû faire tilt.

Comment ai-je pu être aussi aveugle ? Pourquoi Jiminy ne m'a-t-il pas alertée ?

Mon cœur est brisé. Mon ventre est percé.

Ma poche est vide. Que m'aurait dit Spring ?

Je regarde par la fenêtre : que m'aurait dit Mam's ?

Elle aurait mal pour moi et elle se sentirait coupable de n'avoir pas su mieux me protéger. Et, je crois qu'elle me dirait d'avancer, de ne pas leur donner ma haine parce que même ça, ils ne la méritent pas.

Si je réussis à transformer la haine que j'ai pour Gaspard, je devrais être capable de surpasser celle-ci. Je vais y arriver. Il le faut.

Je prends mon bloc-notes et j'écris une lettre à Gaspard. J'inspire, j'expire.

Je reviens dans ma chambre et j'attends que le jour se lève.

Mathilda se réveille et me regarde d'un air interrogateur comme pour sonder mon humeur.

Je la rassure d'un petit sourire. Elle a encore trouvé le moyen d'enfiler un T-shirt de circonstances « La roue tourne et j'espère qu'elle en écrasera quelques-uns au passage ».

Je souris en lisant le texte.

— Tu l'as trouvé où celui-ci ?

— Je l'ai toujours sur moi au cas où. Comment tu te sens ?

— Pas au top.

— Normal.

— J'adore ton T-shirt. Sarah-Line dit toujours que « le karma s'en chargera ».

— Quand les gens sont malveillants avec Mamie et que je lui demande si elle en souffre, elle répond « Si tu savais comme je m'en fous, tu aurais une idée de l'infini ». Je trouve que c'est la meilleure réponse au monde.

J'aimerais vraiment rencontrer sa mamie un jour.

— Tu n'as jamais eu de doutes sur ton amitié avec Addison ? me questionne Mat.

— Non. Tu crois qu'elle se sentira mal quand elle saura que je sais pour le pari ?

— Je ne pense pas Prune.

Je soupire.

— Je suis contente de partir en Espagne avec toi, dis-je en lui prenant la main.

Cela fait six mois, il est temps pour moi de partir loin d'ici.

— Moi aussi Prune, ça va être top l'Espagne. On va bouffer des tapas, écouter de la musique, danser, marcher pieds nus sur le sable, cramer sous le soleil, rencontrer des gens, ...

— Et merci pour mon T-shirt, l'autre T-shirt. Tu es dingue mais c'est le plus beau cadeau que je n'ai jamais eu.

— Je suis contente qu'il te plaise.

On descend prendre le petit-déjeuner avec Pap's qui fait comme si de rien n'était pour la soirée d'hier.

— Au fait, Prune, Sarah-Line ne viendra pas aujourd'hui, elle est partie en week-end rando détox nature. Mais elle m'a demandé de te souhaiter d'excellentes vacances et de te donner ça.

Ça, c'est un galet gris, qui ressemble à Spring sauf qu'il est froid, que c'est écrit « Zen » dessus, qu'il ne s'allumera jamais pour me parler et qu'il empeste les huiles essentielles. Sarah-Line m'a aussi laissé une carte sur laquelle est écrit « Pour pouvoir contempler un arc-en-ciel, il faut d'abord endurer la pluie. ». (NDM : Les proverbes chinois sont à Sarah-Line ce que les feuilles de papier toilette sont à Mathilda. Elle les collectionne alors même qu'ils ne sont d'aucune utilité.)

Je dois maintenant avoir une vraie discussion avec Pap's avant de partir.

— Je sais pour Mam's. Je sais que c'est un vrai accident de voiture, qu'il s'appelle Gaspard, qu'il a grillé un feu rouge et qu'il est encore dans le coma. Pourquoi tu ne m'as rien dit ? Pourquoi on n'en a jamais parlé ? Est-ce qu'il y a d'autres choses que je dois savoir ?

Il me regarde, me scrute comme si j'avais changé depuis la dernière fois où nous avons parlé. Il déglutit.

— C'est pour ça que tu es rentrée tôt hier.

— Entre autres.

— Je voulais t'épargner.

— M'épargner de quoi ? D'un accident de voiture ? Je croyais qu'elle avait décidé de nous quitter !

— Tu croyais quoi ?

— Qu'elle était partie parce qu'elle en avait marre de tout, de nous, de moi. Que voulais-tu que je croie Pap's ? Tu ne nous en as jamais parlé !

— Je suis désolé. Je n'imaginais pas. Elle n'aurait jamais fait ça Prune. Tu le sais.

— Mais, cela fait six mois que tu nous dis juste « C'était un accident » !

— C'est la vérité, c'était un accident.

— C'est un accident qui aurait mérité plus d'explications quand même. Est-ce que tu sais où elle allait toi ?

— Chez un tatoueur.

— Un tatoueur ? Mam's ? Pour faire quoi ?

— Un tatouage.

— Tu blagues là ?

— Non, elle a toujours eu envie d'en faire un. Là, elle avait pris rendez-vous.

— Tu le savais ?

— Je savais qu'elle en voulait un oui. Je ne savais pas qu'elle avait pris rendez-vous. Elle ne me l'a pas dit parce que je lui aurais probablement dit que c'était idiot de le faire.

— Tu l'as vu le tatoueur ?

— Oui.

— Il t'a parlé ?

— Oui, il n'a vu Maman qu'une seule fois alors il ne s'en souvenait pas très bien. Il m'a confirmé qu'il avait rendez-vous avec elle ce soir-là, qu'elle était excitée à l'idée de se faire tatouer et impatiente de nous le montrer.

— Elle voulait se faire tatouer quoi ?

— Trois petites étoiles sur son poignet gauche, trois petites étoiles qui vous représentent, vous ses trois filles, ce qu'elle avait de plus cher au monde.

— Pourquoi tu ne nous en as jamais parlé ?

— Je ne savais même pas qu'elle avait pris rendez-vous là-bas. J'ai été aussi surpris que toi quand je l'ai appris. J'ai été déçu aussi qu'elle n'ait pas eu envie de partager ce moment avec moi. Et puis après, je crois que plus rien n'avait d'importance puisque personne ne pouvait la faire revenir. Je devais vous protéger.

— C'est pour ça que tu ne nous parles jamais d'elle ? Pour nous protéger ?

— Non, c'est parce que je n'y arrive pas, pas encore mais je te promets que je vais essayer.

Je le regarde. Il semble tellement fragile mais je sais qu'au fond, il est fort et que tout ça, c'est juste trop lourd à porter.

Il me serre dans ses bras. Je fais semblant de ne pas sentir les tremblements de ses mains.

Je m'isole dans ma chambre pour fermer ma valise et cette période de ma vie.

Et j'écris une lettre à Mam's.

Nous nous rendons sur la place où le car nous attend déjà. Les parents positionnent les sacs de leurs enfants dans les soutes. Des garçons sont déjà assis au dernier rang du car, places hautement stratégiques qui signifient *garçons virils et cool.*

J'ai un peu peur de partir en colo. Que vais-je répondre à ceux qui me demanderont quel métier font mes parents ? Vais-je leur dire la vérité ou éluder la question ? Il s'est passé tant de choses cette année.

Le bras de Pap's entoure mes épaules, Lara et Emma nous tiennent la main. Elles ont changé elles aussi. Elles ont grandi. Elles sont moins chiantes maintenant, elles deviennent même *faciles à vivre.* J'imagine que c'est un phénomène naturel quand on doit pousser avec une racine en moins.

Je les embrasse fort tous les trois avant de monter dans le car.

Une fois assise à l'intérieur, à côté de Mathilda, je leur fais des signes pour leur montrer que tout est sous contrôle, du moins en apparence.

Puis, je le vois, il est venu jusqu'ici. Il me cherche. Je descends du car le plus vite possible et je le rejoins. On se regarde intensément, maladroitement en souriant.

— Prends soin de toi là-bas. Moi, je t'attends ici.

Il passe son bracelet en cuir autour de mon poignet.

Puis, il prend mon visage entre ses mains douces et fortes. Ses yeux sont verts et brillent.

— Moi, j'adore ton prénom. Il est court, original, il a de la personnalité et on s'en souvient, comme toi... et la couleur de tes cheveux te rend unique.

Et il m'embrasse sur la bouche, pour de vrai, comme dans les films, en entourant ma nuque de ses mains. Je sens son pouce qui caresse mon visage. J'ai des frissons partout.

Je serre Antoine dans mes bras de toutes mes forces, je pose ma tête sur son épaule, mon visage au creux de son cou. Je respire son odeur. C'est là où j'ai toujours voulu être.

Mon cœur est brûlant.

Je ne dis rien, je n'ai pas besoin parce que je sais qu'il sait plus que quiconque que « parfois, il vaut mieux ne rien dire » mais j'écris dans ma tête le point numéro 10 de ma « *Liste Pourquoi je veux être avec Antoine* ».

10) Lorsque je suis dans ses bras, j'ai le sentiment que tout est possible.

Maintenant, je sais.

Lettre à Gaspard

Bonjour,

On ne se connaît pas et c'est mieux comme ça.
Je suis la fille de la femme que tu as tuée au carrefour des Bruyères.
Je sais que tu avais une bonne raison d'être pressé mais je ne te pardonnerai jamais.
Et j'espère que tu penseras à elle de temps en temps.
Je n'ai pas envie qu'on se voit, ni qu'on se parle, ni qu'on apprenne à se connaître ou quoi que ce soit de pathos dans le genre.
Je voudrais juste, si tu te réveilles un jour, que tu ailles t'excuser auprès d'elle.
Il y a une boîte en bois avec une mouette sur sa tombe dans le cimetière des Bruyères.
Elle seule, sera en mesure de te pardonner.
Je ne te souhaite pas une bonne fin de vie parce que je ne le pense pas mais j'espère que tu continueras à sauver des vies, tu lui dois au moins ça.

Prune

Lettre à Mam's

Un tatouage Mam's ? Sérieusement ?

C'est tellement con de mourir à cause d'un tatouage.

J'ai recommencé à mettre des SI :
Si tu l'avais dit à Pap's, il t'aurait déconseillée de le faire et tu n'y serais jamais allée,
Si je ne t'avais pas montré Pinterest, tu n'aurais jamais découvert les tatouages minimalistes, Si tu n'avais pas confirmé ton rendez-vous, tu n'aurais jamais pris cette route,
Si...

Mais les SI n'ont jamais changé le destin. Je le saurais si c'était le cas.

C'est tellement con de mourir pour un tatouage et pourtant, je t'imagine, arrivée à la maison, heureuse de nous le montrer et fière de nous surprendre.
J'aurais levé les yeux au ciel.
Je t'aurais tellement chambrée avec la crise de la quarantaine.
Je t'aurais même dit que je trouvais ça ringard sur toi, exprès, même si je ne le pensais pas.

Alors qu'en vrai, j'aurais été surprise. Un tatouage, c'est rock et cela ne ressemble pas à ma Mam's, en tout cas pas à celle que j'avais rentrée dans une case. J'aurais été fière de découvrir cette nouvelle facette de toi que je ne soupçonnais pas et rassurée de savoir que je comptais autant pour toi.

Je pars en camp en Espagne avec Mathilda tout à l'heure.
Est-ce que tu crois que tu pourras me suivre jusqu'à là-bas ?

Pourquoi j'aime t'écrire des lettres depuis que tu n'es plus là ?
Pourquoi je te trouve chouette maintenant que tu n'es plus là ?
Pourquoi j'ai envie d'entendre ta voix alors que tu n'es plus là ?
La vie est injuste.

Tu me manques Mam's, #RockeuseInside

Ta Mirabelle.

PS : Nous, tes étoiles, on est à tes côtés là-haut, qu'on soit sur ta peau ou pas.
Ce n'est pas parce que t'es partie, qu'on n'est pas avec toi.

Annexes

Bucket List de Prune le 24 décembre

- Aller à Las Vegas sur un coup de tête et dire dans l'avion à tous ceux qui m'accompagnent « Tout ce qui se passe à Vegas reste à Vegas ».

- Flotter sur la mer morte.

- Cueillir un pamplemousse sur un pamplemoussier.

- Aller à l'aéroport en hiver avec une valise de vêtements d'été, choisir une destination ensoleillée, partir, sentir le soleil, revenir avec du soleil à l'intérieur de la valise.

- Assister au championnat du monde de feuilles – papier – ciseaux – caillou.

- Publier un article brillant sur un sujet intelligent dans une revue célèbre.

- Faire un tatouage : une plume ? une flèche ? un dessin géométrique ? une fleur ?

- Faire l'amour avec quelqu'un que j'aime.

- Avoir des enfants de quelqu'un que j'aime.

- Participer à une course de baignoires en Suède.

- Aider au moins dix personnes à un moment difficile de leur vie.

- Gagner un prix culinaire pour une recette de croque–monsieur.

- Regarder « Coup de foudre à Nothing Hill » à Nothing Hill.

- Rencontrer JK Rowling et lui parler (réfléchir à ce que je lui dirais).

- Vivre à l'étranger, au moins deux ans.

- Partir au Canada en camping-car.

- Admirer le coucher de soleil à Key West.
- Me teindre les cheveux et oublier ma couleur naturelle.
- Vivre un jour la même coloc que dans Friends.
- Dormir dans une tente dans un endroit qui ne fait pas rêver.
- Pique–niquer sur le toit d'un immeuble à New–York.

- Avoir une amie avec qui je voudrais vieillir toute ma vie.

***

Bucket List actualisée le 5 juillet pendant les vingt heures de car pour rejoindre l'Espagne

- Publier un article sur l'intelligence émotionnelle des robots, l'interaction avec des humains et le futur des robots.
- Écrire un livre et le dédicacer à Mam's.
- Apprendre l'art de la répartie et ne plus vivre ma vie selon le regard des autres.
- Connaitre le nom des constellations dans le ciel et passer une nuit à les contempler.
- Trouver le nom de la collection de T–shirts à message et monter une startup de T–shirts à message.
- Vieillir avec Mathilda.
- Voir une edelweiss en liberté dans la montagne et la laisser où elle est.
- Se faire tatouer une étoile sur le poignet gauche pour celle qui brille pour moi dans le ciel aujourd'hui.

Remerciements

J'aimerais dédier ce livre à Caroline, Rodolphe, Suzanne et Milou. Ce n'est pas parce que vous êtes partis qu'on vous a oubliés. Vous m'avez guidée tout au long de l'écriture. Cela n'a pas été simple d'éprouver le deuil adolescente. Tout d'un coup, les gens qui font partis de notre vie disparaissent et ce pour toujours. Et ce n'est qu'avec le temps qu'on le réalise, qu'on finit par l'accepter et qu'on comprend que si les adultes n'en parlent pas, ce n'est pas parce qu'ils nous cachent des choses, c'est juste que parfois, c'est trop dur d'en parler. C'était un accident.

Et j'aimerais dire merci, merci, merci

À mes enfants, à leurs sourires et à mon mari (ILX) qui rend cette aventure possible.

À ma famille, mes grands-parents, mes parents pour m'avoir aimée d'un amour inconditionnel (même pendant ma crise d'adolescence), ma sœur, mes frères, et à tous ceux qui sont venus compléter la famille.

À mes BFF et à mes ami.e.s, qui illuminent ma vie et qui croient en moi (peut-être même plus que moi), sans qui écrire ne serait pas pareil : Marie-Rubens, Sophie-Tintin, Hélène-Cookie, Patricia-Snoopy, Geneviève-Mistigri, Victoire-Ildefonce, Tess-Lenny, Marie-Grishka, Bernard-Dic, Rose-Réglisse, Aym-Arthur, Emma-Réu, Maïlan-Mada, Anna-Soleil, Carolita-Geek, Marie-Perso-qui-Répond-Toujours, Blandine-Fucks-The-Therapy (Elles se reconnaîtront ;)) ... et à toutes celles et ceux que je n'ai pas cité.e.s.

À Sophie Laroche, qui fut la première à m'avoir permis d'oser y croire.
À Constance Joly-Girard pour sa précieuse relecture.
À Marie Vareille pour sa précieuse re–relecture.
Sans vous, ce roman ne serait pas le même.

À Angelica Lim, Docteure en Intelligence Artificielle, Robotique et Emotions, pour notre échange sur les robots sociaux et à Clotilde Chevet, Doctorante Celsa Gripic pour sa conférence sur la relation Homme – Machine. Spécial Big UP à la team en back–office de SIRI pour le dialogue entre Mathilda et Spring <3.

À celles qui m'ont accompagnée durant cette aventure livresque avec bienveillance et générosité : Fanny Cairon, Lucile Caron–Boyer, Lili Tuesday, Jupiter Phaeton et la communauté livresque d'Instagram.

À Jean de @ParolesdeGrandmères à qui j'ai emprunté cette phrase que j'ai aimé à la première lecture « Si tu savais comme je m'en fous, tu aurais une idée de l'infini ».
Aux anonymes de la toile qui ont enrichi la collection de T–shirts à message de Mathilda.

À toi Prune que j'ai vue grandir à travers cette histoire, je voudrais te dire que je sais que tu y arriveras (même si pour toi cette expression ne signifie rien… pour l'instant). On ne devrait jamais être obligé de ressembler à ce que les autres voudraient qu'on soit et on devrait tous trouver une Mathilda qui nous révèle à l'adolescence (et qui nous apprend l'art de la répartie ;) et … un Antoine aussi. J'espère que tu as aimé faire la connaissance de Spring, qu'il a réussi à t'apporter quelques clés de vie et te rassurer sur l'amour inconditionnel que te portait ta mère.

Et enfin, et surtout, un grand merci à vous lecteurs pour votre confiance <3. À l'instant où j'écris ces lignes, je vous imagine les lire et en réalité j'ai les mains qui tremblent.

J'espère que ce livre vous aura embarqué.

Je serai ravie d'échanger avec vous via Instagram ou sur helloisabellelagarrigue@gmail.com.

N'hésitez pas à partager votre avis sur les réseaux sociaux, ou directement sur les différents sites où ce livre est proposé, l'avenir de ce livre est maintenant entre vos mains.

On se donne rendez-vous vite ?

Isabelle

***

PS : Note ajoutée par l'autrice (moi en fait !) en juin 2020, un an après la sortie de « C'était un accident ».

Je n'ai pas réussi à quitter Prune (et son entourage) à la fin de ce premier roman.

J'avais très envie de la côtoyer adulte et savoir ce qu'elle était devenue.

C'est pourquoi j'ai écrit « C'est une autre histoire » qui raconte une tranche de vie de Prune, à 28 ans.

J'ai pris beaucoup de plaisir à les retrouver (Prune et... les autres).

Ils m'ont émue et surprise aussi. Ils m'ont emmenée parfois là où je ne les attendais pas. J'espère qu'ils vous emmèneront là-bas vous aussi.

J'ai beaucoup appris en écrivant cette histoire, cette autre histoire. Ce titre a résonné en moi pour plusieurs raisons. Il fait à la fois le lien entre mes deux romans tout en affirmant leur indépendance.

Ils peuvent se lire l'un après l'autre ou pas. Chacun fait ce qu'il veut dans ses lectures, comme dans sa vie.

Dans ce roman numéro deux, l'histoire n'est pas celle que l'on croit, d'une demande en mariage, c'est celle d'une autre histoire dont il est question, une histoire bien plus complexe.

Avec Antoine aussi, c'est une autre histoire, c'est tellement différent.

J'ai dit adieu à Prune à la fin de ce roman numéro deux dont voici la quatrième de couverture :

« Je m'appelle Prune. J'ai vingt–huit ans.

Louis–Arthur m'a demandée en mariage hier, j'ai dit oui.

Je suis spécialisée dans l'événementiel surprise : je crée des demandes en mariage ou des anniversaires sur–mesure.

Alors quand la collègue de mon futur mari me demande d'organiser des retrouvailles surprises avec son crush, je dis oui.

En fait, je dis souvent oui par peur de dire non.

Cela va s'avérer une des pires idées qui soit.

Mon passé, que j'avais jusque-là dissimulé sous le tapis, remonte à la surface.

Aurais–je le courage de l'affronter ?

Un roman feel good qui parle de choix de vie, de quête de soi, de surprises, d'amour et d'amitié. »

Belle lecture ?
À très bientôt,
Isabelle

Photographie de couverture :
Aleshyn Andrei / Shutterstock.com

Design de couverture :
Blandine Pouchoulin

Librinova
www.librinova.com

Imprimé en France
FRHW011008021221
29196FR00004B/19

9 791026 234050